十万石の新大名

御庭番の二代目 8

時代小説

二見時代小説文庫

目次

十万石の新大名——御庭番の二代目 8

江戸城概略図

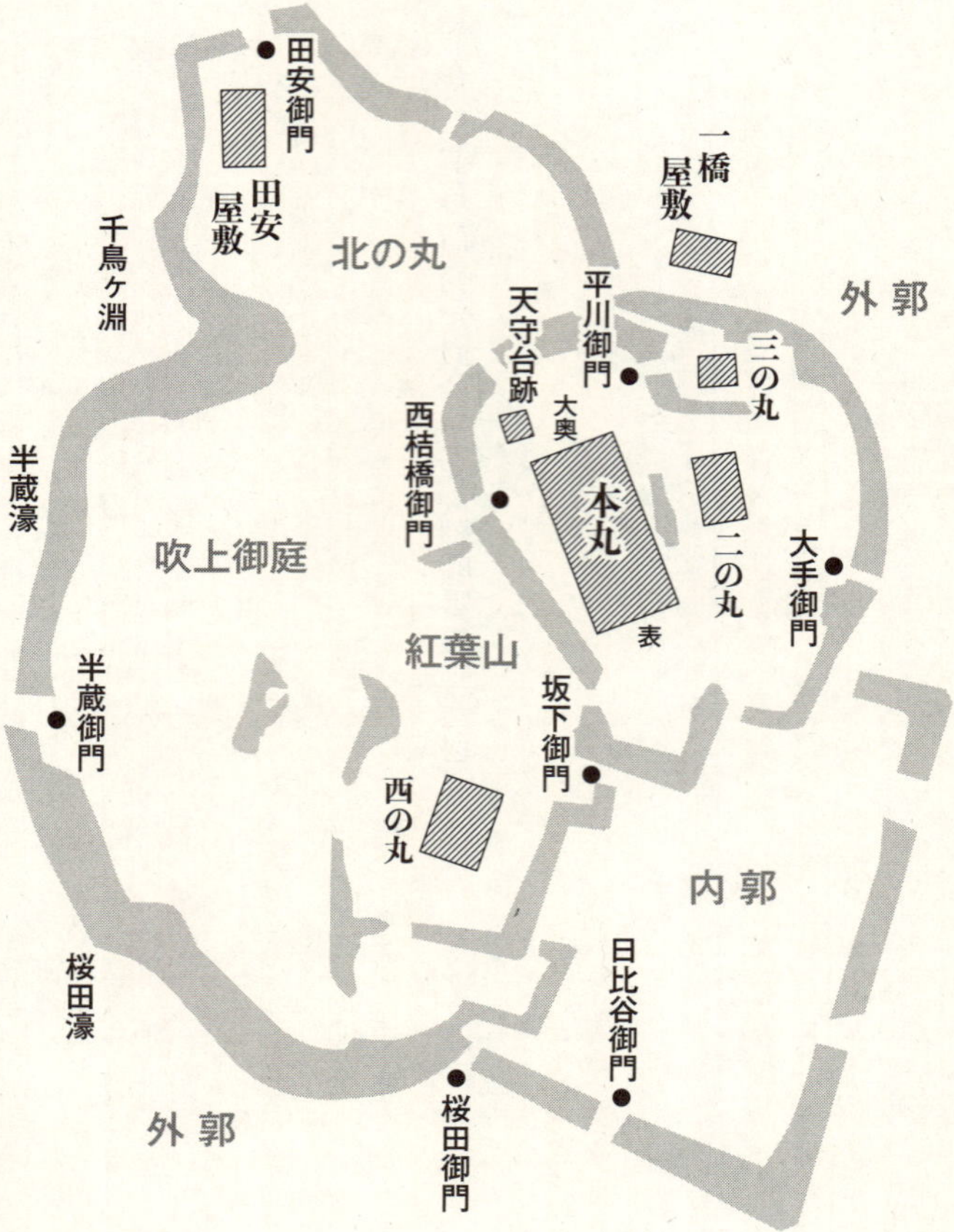
田安御門
田安屋敷
千鳥ケ淵
北の丸
一橋屋敷
外郭
平川御門
天守台跡
三の丸
大奥
西桔橋御門
本丸
半蔵濠
二の丸
大手御門
吹上御庭
表
紅葉山
坂下御門
半蔵御門
西の丸
内郭
日比谷御門
桜田濠
桜田御門
外郭

第一章　栄華の終焉《しゅうえん》

一

江戸城のお膝元、外桜田《そとさくらだ》の御庭番御用屋敷《おにわばんごようやしき》で、宮地加門《みやぢかもん》は家の戸に手をかけた。

「ただいま戻りました」

そう言って開けると、

「お帰りなさいませ」

水の入った桶《おけ》を持って、妻の千秋《ちあき》が土間にいた。

「ずっと待っていたのか」

驚く加門に、千秋はにこりと笑う。

「いいえ、足音でお戻りがわかったのです。二軒隣の前まで来ると、歩く人の足音が聞こえてきますでしょう、耳を澄ませれば、加門様の足音は聞き分けられますもの。さっ、足をおすすぎくださいな」

千秋に促され、上がり框《がまち》に腰を下ろした加門は、足を洗う。

去年、延享《えんきよう》二年の冬に婚礼を挙げてから数ヶ月。四月になった最近では、千秋もすっかり宮地家に馴染《なじ》んでいる。

足を手拭いで拭きながら、千秋は顔を上げた。

「お父上がお待ちですのよ」

「父上が……もう下城されていたのか」

父の友右衛門《ともえもん》は一度隠居したものの、再び出仕《しゆつし》するようになった。隠居した前将軍の徳川吉宗《とくがわよしむね》が大御所《おおごしよ》として西の丸に暮らすようになったためだ。二代目として跡を継いだ加門らは、本丸の新将軍家重《いえしげ》に仕《つか》えているため、西の丸は手が薄い。もともと御庭番は吉宗が作った役であるから、西の丸詰めの御庭番を増やそう、という流れになった。仕事をなくしてくすぶっていた友右衛門は、嬉々《きき》として出仕することを選んだのだ。

奥の部屋へと行くと、

「加門です、戻りました」

声をかけると同時に、中から障子が開いた。

「おう、声が聞こえていた、入れ」

どっかと胡座《あぐら》をかいた父の前に正座をすると、父も上半身を乗り出した。

「本丸では、なにか話が上がっていないか」

「は……なにか、とは」

首を傾げる息子に、父は声を抑えてさらに顔を寄せた。

「これはわたしの推察なのだがな、佐倉《さくら》の御隠居様が危ないのではないか、と思うのだ」

「佐倉の御隠居……松平将監乗邑《まつだいらしようげんのりさと》……様がですか」

松平将監乗邑は、老中首座《ろうじゆうしゆざ》と勝手掛《かつてがかり》を務めていたが、家重によって罷免《ひめん》された。さらに佐倉藩主の身分であったが、それも隠居を命じられ、息子にその座を譲って、下屋敷に籠《こ》もる身となった。

「うむ」と友右衛門は頷《うなず》く。

「ここ最近、西の丸の奥医師が城の外へと出かけることが多かったのだ。供らが薬箱などを持っての出張《でば》りゆえ、往診に違いない。で、そなた申しておったであろう、将監様のもとには大御所様から奥医師が遣《つか》わされていると」

「はい、それは乗邑様ご自身から聞きましたから」

加門は乗邑の住む佐倉藩下屋敷を訪ね、対面した折のことを思い出していた。秋に罷免と隠居を申し渡されて、まもない時期であったが、覇気《はき》が失われていた顔が目の裏に甦《よみがえ》る。そのまま病んだとしても、おかしくはない元気のなさだった。が、加門の差し出した薬を拒絶し、

〈大御所様からは薬も頂き、奥医師も寄こしていただいている〉

と、乗邑は言ったのだ。

友右衛門は腕を組む。

「ふむ、そうなるとだな、奥医師の行き先は佐倉藩下屋敷であろうと、わたしは踏んだのだ。奥医師を動かせるのは大御所様、そしてわざわざ行かせるとなれば、その相手は将監様、と考えるが順当であろう」

「は、確かに。ほかに思い当たりませんね。それが頻繁《ひんぱん》だったのですか」

「ああ、最近は暑くなってきたから、わたしは庭に出ることが多いのだが、奥医師が出て行くのを、いくども見たので、気になっていたのだ。それがこの半月ほど、毎日のようになり、三日前からはお城に姿を見せなくなった」

「西の丸に来ないのですか」

「ああ、推察するに、容態《ようだい》が悪くなって、泊まり込んでいるのではないか」

「なるほど、それは考えられますね」

「うむ、かなり悪いのかもしれん」

父と子は目を合わせて唾《つば》を吞む。父はふっと口元を弛《ゆる》めた。

「はっきりとせぬこのような話、そなたに言うのもどうかと迷ったのだが、一応、知らせておいたほうがいいだろうと思うてな。上様もすっかりお忘れになったわけではあるまい、動向は気にかかっておられるやもしれぬ」

その父の言葉に加門は頷く。将軍家重にとって、松平乗邑は敵だった。吉宗の長男である家重を廃嫡《はいちゃく》し、次男の宗武《むねたけ》を将軍にせよ、と公言したことから、兄弟間で深い確執《かくしつ》が生まれることとなった。家重の怒りは大きく、長年の怨《うら》みとなって続いている。罷免も隠居もその結果だった。

「そうですね、なにかあれば周囲が動き出すかもしれませんから、どういう状況であるのか、確かめておいたほうがよいと思います。知らせてくださってありがとうございます」

加門は神妙に礼をした。

その耳に、廊下を近づいて来る足音が聞こえた。千秋が廊下から声を投げてくる。

「あの、お話がおすみになりましたら、夕餉《ゆうげ》の膳が整っておりますので」

「わかった、参る」

父に続いて、加門も立ち上がった。

膳から立ちのぼる湯気を顔で受けて、加門は澄まし汁を口に運ぶ。と、その顔を千秋に向けた。

「明日は早くに登城するから、朝餉《あさげ》も弁当も支度しなくていいぞ」

「あら……はい、わかりました」

そう言う千秋に頷き返し、加門は顔の向きを江戸城の方角へと変えた。

明日、なすべきことを、加門は頭の中で考えていた。

二

江戸城中奥《なかおく》。

将軍の住まいである城内の一画だが、早朝であるために、まだ出仕している人は少ない。

加門は足音を控え目にして歩く。

将軍の御座所《ござしょ》に近いこの辺りは、御側衆《おそばしゅう》の部屋があり、宿直《とのい》をしている人もいるはずだ。

加門はある部屋の前で止まり、そっと声をかけた。

「わたしだ、いるか」

おう、という返事とともに、襖《ふすま》を開けたのは部屋の主の田沼意次《たぬまおきつぐ》だ。将軍家重の小姓《こしょう》を務めている。

「なんだ、早いな、入れ」

ちょうど着替えを終わったところであったらしく、意次は着流し姿だ。

加門はすでに馴染んだ部屋の畳に腰を下ろす。

「そなたはまた泊まり込んでいるのだろう、と思って来たのだ。少し、話しをする時はあるか」

「ああ、上様は昨夜は大奥《おおおく》にお泊まりになったから、大丈夫だ。こちらへ戻られるにはまだ間がある」

そうか、と加門は手にした小さな風呂敷包《ふろしきづつ》みを前に置き、

「ならば朝飯はまだだろう、いっしょに食おう」

包みを開くと、中から白い握り飯が四つ現れた。

「おう、これはありがたい」意次は手に取ると、眼を細めた。

「まだ温《ぬく》みがあるではないか」

「ああ、朝飯も弁当もいらぬと言ったのだがな、千秋が早くに起きて作ってくれていた。四つというのも、そなたと会うのを察していたのだろう」

そうか、と意次は頰張《ほおば》りながら眼を細める。

「千秋殿はよい妻だな、そなたは果報者だぞ」

いやいや、と加門は照れ隠しの苦笑を浮かべながら、

「そなたも、そろそろ継室《けいしつ》を決める時期だろう、話はいくらでもあろうに」

「うむ、そろそろ決めねばならん」意次も苦笑する。

「いや、そんなことはどうでもよい、なにか用事があって、こんなに早くに来たのだろう。どうした」

「ああ、実はな、松平乗邑殿のことなのだ……」

加門は昨夜、父から聞いた話を告げる。

「ほう……」意次は握り飯を呑み込みながら、微《かす》かに眉を寄せた。

「十月九日に老中を罷免され、翌十日に隠居してから半年あまりか……しかし、老中を罷免されるまで元気に御役をこなしていたのに、そんなに急に悪くなるものなの

か」

「ああ、人は大事なものを失ったり拠《よ》り所《どころ》をなくしたりすると、急激に病み衰えることがある……そう古い医学書にも書いてある。医学所の師もよくあることだと言っておられた」

「そうか、まあ考えてみれば松平乗邑殿も齢《よわい》は六十過ぎ、なにがあってもおかしくはないか」

　天井を見上げる意次に、加門は首を伸ばす。

「このこと、上様にお伝えしたほうがよいかどうか……そなた、どう思う」

「そうさな」意次が顔を戻す。

「処断されてお気がすんだとは思うが、松平乗邑殿は上様にとって長年、気に障《さわ》ってきた大きな黒い染みのようなものであったはず。命に関わるような動向であれば、お耳に入れておいたほうがよいかもしれぬな」

「そうか、では、そなた、伝えてくれまいか」

「ああ、そうだな……いや、そなたから申し上げたほうが早いだろう。あとで大奥から戻られたら、お目通りすればいい」

　そう言うと、意次は立ち上がって袴《はかま》を着けはじめた。

身支度を調えると、意次は加門に背を向けて座った。

「ちょうどいい、髷《まげ》を調えてくれないか」

鏡台の引き出しを開けると、櫛《くし》を取り上げた。

「ああ、いいとも」

加門は意次の髷をとくと、櫛を入れて調えていく。

「うまいな」

意次の微笑《ほほえ》みに、加門は苦笑する。

「ああ、町人髷にしたり浪人ふうにしたりと、なにかと自分でも結い直すことがあるからな」

加門は元結《もとゆ》いをきゅっと締めると、髷に仕上げの櫛を入れた。

「よし、男前ができあがったぞ」

加門が意次の背を叩くと、意次は笑いながら立ち上がった。

「では、そなたの目通り願い、大岡忠光《おおおかただみつ》様に伝えてくる」

意次は廊下へと出て行った。

青山《あおやま》の坂道を、加門は上る。

乗邑の件を家重に伝えると、すぐに〈調べて参れ〉との命《めい》を下された。

松平乗邑が暮らす佐倉藩下屋敷が見えて来る。

周囲は谷と流れる川、野原や林などが広がっている。そこに大名家の下屋敷がぽつりぽつりと見える光景は、御府内のにぎやかさとはほど遠い。

屋敷の塀に近づいた加門は、おや、と足を緩《ゆる》めた。表門は閉ざされているが、脇戸が開いて、人が出入りをしている。

ゆっくりと近づいて、加門は脇戸から出て来た若い藩士に声をかけた。

「もし、佐倉藩のお方とお見受けしますが」

は、と足を止めた藩士は歪《ゆが》んだ顔で加門を見る。

「そうですが、そちらは……」

「わたしは江戸城中奥から参った者……」

「やっ、これはご無礼を」江戸城と聞いて藩士は姿勢を正す。

「大殿様はすでに菩提寺《ぼだいじ》にお移ししたのです。葬儀《そうぎ》は明日、その寺で行うことになり申した」

葬儀、と聞いて加門は口に出しそうになり、慌てて呑み込んだ。死んだのか……。

息を整えると、加門は厳《おごそ》かな声を作った。すでに死を知っているかのように、装ったほうがいい……。

「このたびは、急なことで……お亡くなりになったのは、昨夜でしたか」

「はい、昨夜の遅くだったそうです。ゆえに、夜明けとともにお寺に移されたのです。このような不便な場所ではお客様の難儀となりますから、弔問《ちょうもん》、葬儀はあちらで、と殿が仰《おお》せになりまして」

懐《ふところ》から手拭いを取り出して汗を拭く藩士に、加門は頷く。

「そうでしたか。では、お城にもその旨を伝えます。で、菩提寺はどちらですか」

「愛宕《あたご》の天徳寺《てんとくじ》です。今日はお身内でお通夜となりますもので、これから用意をせねばならず……」

「ああ、お忙しいところをお呼び止めして、失礼をしました」

姿勢を正して礼をする加門に、藩士も礼を返し、続いて踵《きびす》も返した。

加門も今来た青山の坂を戻りはじめる。

城への道を辿《たど》る足は、いつしか早足になっていた。

中奥に戻ると、すぐに意次が廊下に出て来た。

「亡くなったそうだな」

「ああ、知らせが入ったのか」

息を整える加門に、意次が頷く。

「ついさきほど、佐倉藩からの使いが来たらしい。さ、入れ、上様がお待ちだ」

御座所近くの小部屋に通される。

ほどなく家重と側近の大岡忠光が入って来た。

「死、んだ……う……な」

家重の口が動く。麻痺《まひ》のために発語が不明瞭《ふめいりょう》だが、忠光はそれを解して人に告げる。忠光ほどではないが、すでに意次もずいぶんと家重の言葉を解せるようになっており、加門もそれなりにわかるようになっていた。

「は、昨日四月十六日、深夜に息を引き取ったそうです。明日、愛宕の天徳寺で葬儀をするとのことでございました」

加門の言葉に、家重は頷く。その目元はどこか晴れ晴れとしていた。

家重の口が動き、忠光が頷く。

「葬儀に行き、誰が来るか見て参れ。客らが話すことも聞き集めよ、と仰せだ」

「はっ、かしこまりました」

加門が低頭する。

家重は遠くを見るように、目を眇《すが》めた。

三

翌日。

黄昏《たそがれ》の茜色《あかねいろ》を見上げながら、加門は愛宕へと向かった。

江戸の町の葬儀は暮れ六つから行われるのが普通だ。町人は昼間にすませることも珍しくないが、武家では暮れからの葬儀という習慣が守られている。

加門は愛宕の山をまわり込んだ。山頂には東側の海を向いて愛宕権現《ごんげん》があり、参道は出世の階段として知られる急勾配《きゅうこうばい》の石段がある。その山の反対側の麓《ふもと》には、いくつもの寺が点在している。

そのうちの最も大きな寺に向けて、加門は歩いていた。

やがて見えて来た寺の山門には、すでに人影が見えている。暗くなる前に帰ろうと考える人が、早めに来るのもよくあることだ。

境内《けいだい》では、すでに読経が響いていた。

本堂の脇にあるお堂の戸が開かれ、そこから声が流れている。先に山門をくぐった二人は、その前で礼をすると、数段の階段を上った。うしろ姿で町人とわかる。上で控えていた藩士に香典《こうでん》を差し出すと、弔問客は手を合わせて深々と礼をした。

加門は庭木に身を寄せて、帰って行く二人を見送った。年嵩《としかさ》のいかにも大店《おおだな》の主ふうの男らだ。おそらく、乗邑が米価を上げるために協力させていた米問屋に違いない。

木陰に身を隠していると、新たな弔問客がやって来た。おぼつかない足取りで鬢《びん》は白いが、顔には威厳がある。どこかの大名家の家老であろう、と加門はその背を見つめた。使者として遣わされたに違いない。続いてやって来たのも、いかにも家老らしい男だ。

なるほど、大名は出ずに名代《みょうだい》か。将軍の怒りに触れた者には近づかず、形だけですませよう、ということだな……。加門はそっと山門の外を見た。家老らの乗って来た乗り物が、道の端に控えている。記された家紋を覚え込んで、加門はまた身を木陰に寄せた。

弔問客が増えはじめた。

加門はその人々に紛《まぎ》れて、読経が流れて来るお堂へと進む。

数人と並んで香典を差し出し、加門は手を合わせると、俯《うつむ》きつつ上目で堂内を見渡した。

麻《あさ》の着物に袴を着けた男達が、中に端座《たんざ》し、弔問客に小さく礼を返している。一人、前に座っているのは、家督《かとく》を継ぎ喪主《もしゅ》となった息子の松平和泉守乗祐《いずみのかみのりすけ》だ。他の者らは親族だろう。

正面には三人の僧が並んで経を上げている。僧の前には花や供物《くもつ》、盛り物が積まれ、棺《ひつぎ》はよく見えない。

加門はいま一度、堂内を見て礼をしなおすと、踵を返した。階段を下りるべく、足を出す。と、息を呑んで慌てて俯いた。

階段を上ってくるのは、徳川宗武と弟の宗尹《むねただ》だ。

宗武には顔を覚えられている。加門はさらに顔を伏せて、横を通り過ぎた。

背後で声が上がる。

「これは田安《たやす》様、一橋《ひとつばし》様まで……」

乗祐がそう言いながら、堂の奥から進み出て来たことが察せられた。

宗武は田安御門の内に屋敷を与えられたことから通称で田安様、宗尹は一橋御門内の屋敷であるために、同様に一橋様と呼ばれている。

「ささ、お上がりください」

乗祐の言葉に二人が応じているのが背中で察せられた。

加門は小さく振り向く。

宗武らは棺に手を合わせているのだろう、背中が見える。

二人と乗祐は、なにやら言葉を交わしたあと、堂を出て行くのが見てとれた。

階段を下りた加門は堂の脇へと移る。葬儀の行われている堂から渡り廊下で、別の棟に繋《つな》がっている。

ちょうど三人が廊下を渡っていくところだった。

よし、と口中《こうちゅう》でつぶやいて、加門は別棟に近づいた。

さほど大きくない建物だが、庭に面した座敷がある。そっと窺《うかが》うと、座敷には膳が並び、茶や酒、料理などが並べられていた。

そうか、賓客《ひんきゃく》はこちらに通すのだな……。加門は得心して、縁の下に身を沈ませた。

頭上を足音が通り、声も下りてくる。

やがて、三人が膳に着いたのが音となって伝わってきた。

「よもやこのようなことになろうとは……」

宗武の声に乗祐が、

「はい、衰えの速さに我らもただ驚くばかりでした」

震えを含んだ声で返すと、宗尹の声が上がった。

「我らは将監殿には世話になったゆえ、見舞いに行こうと話し合っていたのだ。間に合わなかったのは、真《まこと》に口惜しい。いや、お許しくだされ」

「とんでもないことです、そのようにお気にかけていただいただけでも、もったいのうございます」

「いや」宗武の声が上がる。

「わたしは本当に伯父上《おじうえ》のように思うていたのだ。まだ、教えていただきたいことがあった。再起して、表に戻っていただくことをほんに望んでおったのだが……」

「なんと……ありがたきお言葉」乗祐の声が震える。

「亡き父も喜んでおりましょう」

「いやいや」宗尹が声を強める。

「お父上も復帰を望んでいたとわたしは思うておる。乗祐殿がその意を継いで、働くのが供養となろう」

いえ、と乗祐の声が途切れてから、力強くなった。

「その、わたしのような者でも、それができましょうか」

「うむ」兄弟の声が重なり、宗武の声が高まった。

「我らもできることはいたす。そなたが父君のように老中となって、表で力を振るえるよう、力を合わせようではないか」

「そうよ」宗尹の声だ。

「暗愚《あんぐ》の家重に御政道を委《ゆだ》ねることなどできぬ。将監殿の遺志を継いで、我らが表に立つのだ」

二人の勢いに反して、乗祐の声が消えた。

宗武と宗尹は家重から登城禁止を申し渡されている。それを思い出し、沈思《ちんし》したのだろう。が、気を取り直したように、乗祐が声を張った。

「はっ、真に、それこそが亡き父の志《こころざし》でありました。わたしも父の御役を継げるよう、相務めます。よろしくお引き立てを」

乗祐が畳に手をついた音が、微かに響いた。と、同時に廊下にも足音が響く。

「殿、お客様が」

「わかった、今参る」乗祐が立ち上がった。

「田安様、一橋様、つまらぬ物しかありませんが、ごゆるりと……」

「ああ、いや」

二人の立つ音が続く。

「我らもこれで失礼する」

三人の足音が遠ざかって行った。

加門はそっと縁の下から出た。

再び、お堂の見える木陰に身を潜《ひそ》め、加門は弔問客らを見つめた。

米問屋らしい男達がちらほらと現れ、旗本らもやって来た。が、大名の姿はなく、名代ばかりが続く。

お堂を下りてきた人々は、そこここで小声を交わしていた。

「お役に就《つ》いたままであれば、盛大な葬儀であったろうに」

「うむ、罷免隠居となると、こうも寂しいものになるのだな」

加門は耳を四方にそばだてる。離れた庭石の前のささやきに耳を向けた。

「公方様《くぼうさま》次第でこうも変わるとは、世の仕組みなど当てにならないものだ」

「ああ、所詮《しょせん》、家臣など将棋《しょうぎ》の駒《こま》ということよ。我らとて明日は我が身やもしれん、くわばらくわばら」

加門はゆっくりと目と耳を周囲に巡らせる。

その目が、山門から入って来た一人の姿を捉えた。神尾若狭守《かんおわかさのかみ》春央《はるひで》だ。

加門はぐっと喉《のど》を鳴らした。神尾は乗邑がその才を買って、勘定奉行《かんじょうぶぎょう》に取り立てた男だ。辣腕《らつわん》を振るい、税収をみるみる増やして、さらに乗邑に引き立てられていた。が、乗邑が罷免されてからは、城からの引き上げや家移りの手伝いにも姿を見せず、間合いをとっていたのを加門は思い起こす。

その神尾がお堂の階段を上って行くのを、皆がじっと見ている。

神尾は深く礼をして手を合わせるとその顔を上げ、口を大きく開いた。

「将監様、この神尾春央、御恩は決して忘れませぬぞ。そして、あとのことは任せると仰せになられたそのお言葉、必ずや相務めますゆえ、御安心くだされ」

見つめていた人々が、ざわざわと顔を見交わす。

神尾は深く一礼すると、袖で目元を拭った。やがて、ゆっくりと踵を返すと、胸を張って、階段を下りはじめた。

人々は黙ってその姿を注視している。

神尾は眉を寄せ、顔を伏せがちにして山門へと向かう。が、その面持ちとは裏腹に、腕を振る歩き方は力強い。

神尾の姿が消えると、人々も山門へと動き出した。

「あとを任せると言われたのか」

「ううむ、将監様は神尾殿をずいぶんと引き立てておられたからな、ありえぬことではなかろう」

歩きながら人々の声が交わされる。

「遺言と言われれば、誰も否定はできまいな」

「いや、神尾様は抜け目のないお方、どこまでが真か……」

しかめた顔を振る者もいる。

「なんともしたたか……」

「うむ、さすが、将監様が目をかけたお人よ」

「しかし、こうなると……」

皆、それぞれに首を振る。

残っていた弔問客がぞくぞくと寺を離れ、闇の広がった境内には読経の声が再び響き渡った。

加門は頭の中で聞いた言葉のすべて反芻《はんすう》する。

上様にお伝えすることが多いな……。そう胸中につぶやきながら、拳《こぶし》を握った。

翌日。

向かい合った家重に、加門は昨夜見聞きしたすべてを語り終えた。

聞くにつれ、ひそめられていった家重の面持ちは、今や大きく歪んでいる。

傍らの大岡忠光も、脇に端座する意次も、同じように面持ちを変えていた。

家重の手にした扇《おうぎ》が、畳を打つ。

口が動くが、言葉にはならない。寄せた眉のまま、ふう、と大きく息を吐《つ》く。

しばしの間を置いて加門を見ると、小さく頷いた。

「た……ぎ、で……」

傍らの忠光が加門を見る。

「大儀であったと仰せだ」

は、と加門は礼をして、部屋から退出した。

廊下に出て息を吐いた加門に、うしろから意次が追いついた。

「御苦労だったな」

「いや、お役目だ」立ち止まって、加門は意次に向き直る。

「まあ、いい報告ではないのがなんともな……上様はお気を悪くされたろうな」

「そうだな」意次も息を吐く。

「しばらくのあいだは、御機嫌うるわしく、とはならぬだろうな。叩いても叩いても相手は引かぬのだ……しかし、人というのはなんとあきらめの悪いことか」

「ああ、わたしもつくづく思った、執念とはいうのは恐ろしいほどだな」

二人は共に眉を寄せた。

四

「夕餉のお膳が調いましたよ」
母の声に、加門は湯上がりの着物の帯を急いで締め、声のほうに行く。
板間ではすでに湯気の立つ箱膳が並べられ、母と千秋が味噌汁《みそしる》やご飯をよそってい
た。父の友右衛門はすでに晩酌《ばんしゃく》の猪口《ちょこ》を口に運んでいる。
加門が向かいに座ると、まだ配膳をしている妻らを横目で見て、父は小声でささや
いた。
「今日、吹上《ふきあげ》のお庭で田安様を見かけたぞ」
「吹上でですか……」
吹上の庭には大池、築山《つきやま》、茶屋、馬場などがある。さらに薬草を栽培している御薬《おやく》
園《えん》もあり、薬草にくわしい宮地家は、しばしばその世話にも出向く。

「ああ、御薬園で草むしりをしていたら、林の向こうに姿が見えたのだ。どこに行かれたのか、見届けはしなかったがな」

父の言葉に加門は、あ、と声を洩らしそうになった。

吹上には月光院《げっこういん》の暮らす御殿もある。もとは大奥で暮らしていた月光院だが、吉宗が吹上に小さな御殿を造り、そちらへの住み替えを促したためだ。

加門の考えを読んで、父は目顔で頷いた。

「さ、召し上がれ、今日はよい蕨《わらび》が入ったのでおひたしにしたのです。蕨ももうすぐ終わりですからね、味わってくださいな」

うむ、と父は蕨を箸《はし》でつまみ上げる。

「ふむ、このぬるりとした味わいがよいな」

「ええ、そうでしょう、お醤油《しょうゆ》にはお出汁《だし》を足しましたから、甘みが出ていましょう。それが蕨のほのかな苦みとよく合うのです」

「はい、おいしゅうございます。あくもよく抜けていますね」千秋も頷く。

「今度は独活《うど》の和《あ》え物《もの》を教えてくださいませ。加門様は独活がお好きでしたよね」

「あ……ああ」

加門は慌てて顔を上げる。そして、箸を持つ手が宙に止まったままだったことに気がつき、動かした。頭の中では、父の言葉が行きつ戻りつしていた。

布団を延べながら、千秋が加門を見る。

「吹上のお庭には、月光院様がお暮らしなのですよね」

「なんだ、聞こえていたのか」

「はい、耳がよいので」千秋はにこりと笑う。

「なれど、どうして月光院様は大奥ではなく、別の御殿におられるのですか」

「ふうむ、それは……まあ、これはわたしの推測だが、大御所様が将軍の座に就かれる際に、月光院様がご尽力をされたらしいのだ。だが、そうなると月光院様がなにかと力を持つことになるであろう。それにゆえに、まあ、少し離れていただいた、ということではないか思うぞ」

まあ、と、布団の端を引っ張りながら、千秋は首を傾げる。

「では、大奥はどなたが統《す》べておられるのですか。御台《みだい》様はいらっしゃらないのですものね、一番お偉いのは先々代の将軍のご生母であられる月光院様ではないのですか」

大奥の主は本来、将軍の妻である御台所《みだいどころ》だ。しかし、先々代の将軍であった家継《いえつぐ》は幼くして逝去《せいきょ》したために妻はいない。その後を継いだ吉宗も、正室を早くに亡くしたため、御台所は不在だった。さらにその子家重の正室も、第一子を早産したさいに死去している。三代にわたって御台所がいないため、力は月光院に集まっていた。が、すでに大奥から遠ざけられ、それも昔ほどではない。

「家治《いえはる》様の御生母であられるお幸《こう》の方《かた》様は、いかがなのです」

千秋の問いに、加門はううむ、と唸る。すでに家重の寵愛《ちょうあい》を失って長い。が、それは口にするのが憚《はばか》られた。千秋はそれを察して、言葉を続ける。

「では、お免《いつ》の方《かた》様はいかがです、男子をお産みあそばしたのでしょう」

家重の側室であるお逸は、去年、第二子で次男となる万次郎《まんじろう》を産んでいる。千秋は以前、加門を手伝ってお逸の世話をしたさいに気に入られ、大奥に上がらないかと誘われたこともあった。

「そうだな、男子をお産みになったためにお腹様として大事にはされているが、力を振るうようなことはないな。そもそも、そなたも知っているだろう、お逸の方様は権威にこだわるお方ではない」

「そう、ですわね。あのお方は心から上様をお慕いしてらっしゃるだけ……大奥に君臨しようなどというお気持ちはないお人ですものね」

千秋は枕を膝に乗せると、ぽんと叩いた。

「ああ、だから、今でも月光院様がお力をお持ち……というわけですね」

うむ、と加門は苦笑して布団の上に仰向けになった。

それに月光院様は、権力に執着していらっしゃる……。そう言いそうになって呑み込んだ。だからこそ、宗武、宗尹兄弟も、頼っていくのだろう……。

「灯を小さくしますか」

千秋が行灯《あんどん》の戸を開けた。加門はその横顔を見ながら、はたと思い至って、起き上がった。

「まさか、そなた、まだ大奥に上がりたいなどと思っているのではないだろうな」

「は……」眼をくるりと動かして、千秋は笑い出す。

「まさか、そのようなことではありません」

身を前後に揺らして笑う。が、すぐに真顔になった。

「わたくし、妻となって、日々の暮らしの大切さがようくわかりました。よりよくしようと工夫することが、楽しいのです。その平安に比べれば、争いが繰り返される大奥は、恐ろしく感じます」

ほっとして、加門はまた布団に身を投げた。

「そうだな、お城よりもこの狭い家のほうがよほど安穏《あんのん》だ」

「ええ、そうですとも」

千秋が微笑んで、灯を小さくする。火影《ほかげ》がゆらりと揺れた。


早めに登城すると、加門はまっすぐに吹上の庭に向かった。

昨夜の父の言葉を思い出しながら、庭の奥へと進み、月光院の御殿が見える木陰に佇《たたず》んだ。瀟洒《しょうしゃ》な造りの正面を窺うことができる。

去年、宗武と宗尹は大奥を通して、月光院を二の丸御殿に呼び出し、対面したことがある。家重が将軍に就く前に、宗武が自らを将軍に推《お》してくれ、と月光院に頼むためだ。月光院はそれを受けて推したものの吉宗は退けた、というのは家重が将軍となったことで明らかだった。

そのときのように、宗武はまた月光院に頼み事をしようとしているのかもしれない……。そう加門は考えを巡らせる。頼みであった松平乗邑が死去した今、すがることができる最も力の大きな人物は月光院だ。乗邑がいなくなったことで、焦りを感じて、御殿に出向いたとしても不思議はない……。

加門はじっと御殿を見つめる。

近くを御庭番の仲間が通る。吹上の庭も見廻りに来るのだ。仲間は加門に気づくが、素知らぬふりをして行き過ぎる。

湿り気のある風が、木立の上から吹いてくる。

幹に寄りかかっていた加門は、はっとして身を離した。

二人の人影が近づいて来る。

宗武と宗尹だ。供はなく、宗尹の手には箱を包んだらしい風呂敷が下げられている。手作りの菓子が入っているのだろう。

二人が言葉を交わしているのは見てとれるが、その声は聞き取れない。

御殿へと入って行く二人のうしろ姿を、加門は見送った。庭の御殿とはいえ、大奥の離れのようなものだ。大奥で育った宗武や宗尹は入ることもできようが、他の男子は近づくことも憚られる場所だ。

御殿に背を向けて本丸に向かった加門は、陽が中天《ちゅうてん》を過ぎるのを待った。

午前中は表からの報告などがあり、将軍は忙しい。将軍が多忙であれば、小姓はさらに忙しくなる。が、それも昼になれば、一段落するはずだ。

加門は意次の部屋の前に立って、小声で呼びかけた。

「わたしだ、いるか」

おう、と襖がすぐに開く。

「ちょうど中食《ちゅうじき》を終えたところだ、さ、入れ」

意次に招き入れられ、加門は対座した。

「実はな……」

吹上の庭でのことを話すと、意次は腕を組んだ。

「ふうむ、またなにか企《たくら》んでおられるのやもしれんな」

「ああ、だが、それ以上のことはわからないから、上様にお伝えするわけにもいかぬと思ってな」

「わかった」意次が頷く。

「折を見て、わたしから伝えておこう。なにかが起きたときにいきなり知るよりは、事前に心構えをしていたほうがよいからな。大岡様にも知っておいていただかねば」

「うむ、頼む」

安堵した顔の加門に、意次が小声で返す。

「そういえば小耳に挟んだのだが、明後日は乗邑殿の初七日であろう、葬儀には行かなかったが初七日法要に出向く、という者がいるらしい」

「初七日……そうか、公方様のお怒りに触れた人物の葬儀に出れば、立場が危うくなると考えた者もいたろうな。そうした者らが初七日法要で折り合いをつける、というのは確かにありうるな」

「そうであろう」

目顔で頷く意次に、加門も返す。

「わかった、行ってみる。誰が来るのか、見てこよう」

加門はすっくと立ち上がった。

五

二日後の夕刻。

再び天徳寺の山門をくぐった加門は、お堂から流れて来る読経に耳を向けた。葬儀のときには三人の僧侶が経を上げていたが、さすがに今日は一人らしい。お堂の階段にも人影はない。が、すぐに山門から人が入って来た。加門も人と並んで階段を上り、ひととおりの礼をすませると、そっと庭へと下りた。

加門は木陰に身を寄せ、山門を見つめた。二人の旗本が入って来る。

厳粛《げんしゅく》にお堂の階段を上がると、香典を渡して手を合わせ、しばし瞑目《めいもく》する。それがすむと、礼をして階段を下りた。

二人は言葉を交わしながら山門へと向かい、加門の前方を通り過ぎて行く。

「これで気も収まったな」

「うむ、やはり礼を欠いたままでは、居心地が悪いからな」

おそらく乗邑配下の役人だったのであろう。加門は出て行く二人を見送った。続いてやって来たのもやはり旗本で、三人の男は同じように手を合わせて退いて行く。

「やはりお偉方は来ていないな」

「ああ、葬儀できちんとされたのだろう」

「我らは今日にしてよかったのう」

そう話しながら山門を出て行く。

そうか、と加門はつぶやく。立場を気にした者らもいたろうが、大名家が来る葬儀に軽い身分が出て行くのは気が引ける、というほうが多いのかもしれない……。加門はそう思い至って、肩の力を抜いた。そうだとすれば、それほど気を張ることはあるまい……。

その後にやって来た二人は浪人ふうだ。おそらく家臣だった者だろう。隠居によって、少なくない家臣が暇を出されたことはわかっている。

二人はお堂の階段を上がらずに、下で手を合わせて帰って行った。上で人と対すれば香典が必要だが、下で手を合わせるだけならばそれはいらない。なるほど、と加門はそれぞれの客の背中を見送った。

ちらり、ほらりと人が来て、去って行く。特に注意を払うような人物はいない。加門は木の幹に背を預けて、それを眺めていた。新たに入って来たのは三人の浪人だ。目の先を過ぎたそのとき、加門は背を幹から離した。そのうちの一人に目が吸い寄せられる。

まずい、と加門は一歩退く。その気配を察したかのように、その男がこちらを向いた。相手の目も見開く。乗邑の家臣であった山之内《やまのうち》兵衛《ひょうえ》だ。

以前、乗邑が加門を試し斬りしてみよ、と戯《ざ》れ言《ごと》で言い、山之内と加門は柄《つか》に手をかけて向かい合ったことがある。

さらに乗邑の隠居後に、下屋敷で顔を合わせ、斬りかかられたこともあった。血の気の多い男だ。

宙で眼が絡み合い、顔をこちら向けつつも、山之内は連れの二人に合わせ、お堂へと進んで行く。

加門は踵を返して山門を出た。このような場所で騒ぎを起こすわけにはいかない。

寺を出ると左右を見て、山の斜面を見据えた。裏参道らしい石段が上へと続いている。よし、山を越えてしまおう……。そう決めると同時に、駆け足になった。

愛宕山は山といっても小さな丘だ。その山頂は東の海側に向かって、横に伸びている。参道は左の権現の裏へと向かっているのが見てとれた。

山を越えてしまえば、見失うはずだ……。加門は緩やかな勾配を上る。

その加門に、下から声が飛んだ。

「待て」

振り向くと、下から三人が見上げていた。山之内はすでに石段を登りはじめている。

加門が足を速めると、三人も駆け上がってくるのがわかった。

登り切った所は権現の脇だった。

社《やしろ》の前には物見客らの姿がある。加門はすぐに反対側へと走った。右側はまばらな林になっている。

相手が三人ならば、少しでも高い位置を取ったほうが有利だ……。加門は勾配を見つけて上った。

そこに三人の足音が追って来る。

「逃げるな」

山之内の声に、加門はゆっくりとそちらに向き直った。

「逃げはせぬ」

「覚えているか、宮地加門」

山之内が二歩、前に踏み出し、連れの二人を振り返った。

「こやつが殿の周りを嗅ぎまわっていた御庭番だ。そのせいで殿は罷免隠居に追い込まれたのだ」

「ああ、前に言っていた男か、なればちょうどいい、わたしも加勢するぞ」

一人が加門に向かって胸を張る。

「わたしは将監様の家臣であった豊村左馬之助《とよむらさまのすけ》と申す。殿の御隠居によって、こうして浪人となった。そなたへの恨みを晴らさねばならぬ」

「いや、やめなされ」もう一人が進み出る。

「御庭番と言えば公方様から御下命を受けるお方。そのようなお人に刃を向ければ、謀反《むほん》となりますぞ」

「竹熊《たけくま》殿はお引きくだされ」山之内が声を荒らげる。

「わたしは亡き殿の無念を晴らさねば、この先、堂々と生きていけぬ」

「うむ」豊村も頷く。

「初七日に出会《でくわ》すとは、これも亡き殿の御差配に違いない。わたしは殿に命を捧《ささ》げたのだ、ここで本懐《ほんかい》を遂げる」

「よし、だが、まずわたしからだ」

山之内がさらに進み出た。

すでに鯉口《こいぐち》を切っており、踏み出すと同時に、白刃を抜いた。

加門も抜刀する。

山之内とはすでに刃《やいば》を交わしており、腕はそこそこだということがわかっている。

鋭い声を上げて、山之内が上段から斬り込んで来た。

加門は刃を横にまわして、地面を蹴った。

振り下ろされた刃を下から弾《はじ》き、加門は身を低くする。と、刀身をまわして、下へと下ろした。

その峰が山之内の脛《すね》を打つ。骨が砕ける音が響いた。

崩れ落ちる山之内の横から、豊村が飛び出した。

踏み出しながら刀を抜く豊村に、竹熊が腕を伸ばす。

「よせっ」

「止めるな」

身を翻した豊村の刃が、竹熊の左腕に当たる。

うっ、と呻《うめ》いて押さえた竹熊の手首から、血がしたたり落ちる。

一瞬、怯《ひる》んだ豊村は「すまぬ」とつぶやきつつも、加門に向き直った。

「殿は浪人であったわたしを召し抱えてくださった恩人……家臣でなくなった今も、その恩には報いねばならぬ。覚悟っ」

豊村の刀が宙を斬る。

加門は横に身を躱《かわ》し、間合いを取った。

正眼《せいがん》に構え直し、加門は豊村を見据える。

太刀筋から、腕はそれほどでないのがわかる。が、殺気はただごとではない。

血走った目を、加門は見つめた。

正気を失っているのか……。その張り詰めた面持ちに、加門は唾を呑む。

いやぁっ、と奇声を上げて、豊村の刃が加門の肩を狙ってくる。

その刃を己の刃で受けて、加門は腕に渾身《こんしん》の力を込めた。震えを押さえて、力一杯に押し返す。

豊村の体勢が崩れたその隙に、加門は相手の腕を狙った。が、豊村は身を低くして、加門に突っこんで来る。切っ先は加門の胸に向いているが、甘い。

加門は横に躱す、が、切っ先も追って来る。
奇声をさらに上げて、豊村が飛び込んで来た。
加門の刃が首筋に当たる。
豊村の動きが止まった。血飛沫《ちしぶき》が横に跳ぶ。
目だけが動いて、豊村は加門を見る。と、それがすっと下へと落ちた。
身体ごと地面に崩れた豊村は、微かな息を吐いた。
「くっ」と脇から声が洩れた。
木によりかかった山之内が、脇差しを首に当てている。
「よせっ」
加門の叫びと同時に、山之内の手に力がこもった。
「これまで」
血飛沫とともに、山之内の身体が傾く。
「馬鹿な」
竹熊が走り寄った。が、すでに山之内の返事はない。
腰を落として、竹熊は血に染まった山之内の肩に手を置いた。
加門は呆然《ぼうぜん》とそれを見下ろし、

「なぜ、自害など……」

　と、つぶやく。それに竹熊が上目で返した。

「山之内兵衛は、何度も言っていたのです。殿の四十九日までに墓前で切腹すると……まさか本気だとは思っていなかったのですが」

　そう言って首を振る竹熊の傍らに、加門は腰を落として片膝を立てた。袖が切れ、赤く染まった竹熊の腕をとると、懐から手拭いを取り出した。口で細く切り裂いて、その傷口に巻く。

「や、これは……かたじけない」竹熊は加門を見上げる。

「とんだことになり……申し訳ない」

「いえ……このお二人のお身内はご存じですか」

「あ、ああ、存じています。といっても、山之内は身寄りがなく独り身、豊村は妻子がありますが、よく知った仲なので、わたしからいきさつを説明します」

「すみません、竹熊殿とおっしゃるのですか」

「ああ、そうです、わたしは竹熊源三郎《げんざぶろう》。我らは元は浪人であったのを、松平家に仕官したのです」

「そうでしたか」加門は赤く血が滲《にじ》んできた手拭いを指で指した。

「刀で斬られた傷、金創《きんそう》はきちんと手当てをしないと大変なことになります。大伝馬《おおでんま》町《ちょう》に阿部将翁《あべしょうおう》先生の医学所がありますから、治療をしてもらってください。宮地加門に言われてきた、と言えば話は通じますから」

は、と竹熊は顔を上げる。

「そのようなことまで……」

言いかけて、その顔を背後に向けた。

人が騒ぎ立てる声が近づいて来る。

「こっち、こっちですぜ」

「へえ、お侍の斬り合いです」

加門は乱れた着物を正すと立ち上がった。

「役人が来たようですね。わたしから説明をします」

「あ、わたしもいきさつを話しますので」

立ち上がった竹熊と並んで、加門は走って来る役人を待った。

六

吹上の庭で、加門は月光院の御殿を窺っていた。佇みながら、右腕をそっと撫でる。昨日、愛宕山で斬り合ったときに、木の枝で切ったらしい傷があることに、夜になって気がついた。今頃になって少し、痛む。が、すぐに左手を下ろした。

御殿から人が出て来る。奥女中だ。

早足で庭を行く背中を、加門は身を乗り出して見つめた。奥女中は広大な吹上の庭を真っ直ぐ南に向かって行った。

しばらくすると、ふたたび月光院の御殿から、人の気配が現れた。

幹の陰に身を隠し、そちらを見ると、あ、と息を吞んだ。

月光院が二人の供を連れて姿を現したのだ。

そうか、さっきの奥女中は先触れだったのか……。加門はそっと木を離れると、間合いをとって月光院のうしろ姿を追った。

一行は、大池の脇を抜け、吹上の庭の南端にある新御門《しんごもん》を抜けると、吹上御門から西の丸に入っていった。

どうやら吉宗が暮らす中奥へと向かっているようだ。

中奥の戸口では、すでに迎えの者が立っていた。

月光院はその奥へと消えた。

身を隠しながらかろうじてそこまで追ってきた加門の背後に人の気配があった。

はっとして振り返ると、父友右衛門が姿を現した。御庭番ならではの気配を消す巧みな技に、今更ながら感服させられる。

父は目顔で小さく笑う。

「気づくのが遅いぞ……どうした、月光院様を付けて来たのか」

「はい……父上、月光院様は西の丸によく来られるのですか」

「いや、わたしが西の丸に詰めるようになってから、初めてお見かけした。時折、菓子などだろう、お届け物をする使いが出るし、その返礼の使いがやって来ることはあるが、ご当人が見えたのは初めてだ」

「そうですか」

加門は西の丸御殿を眺める。

おそらく月光院様は、動き出す前に大御所様の同意を取り付けるおつもりなのだろう……。加門はこぶしを握る。

半刻《はんとき》（一時間）が経つと、月光院の姿が中奥の戸口から、現れた。行きとは違って、足取りはゆったりとし、胸を張っている。吉宗との話し合いは、意のままになったに違いない。

だとすると……。加門は本丸に向いて、唇を嚙《か》んだ。

翌朝、早めに御用屋敷を出た加門は、その足で再び吹上の庭に来た。

しばし見つめていると、御殿の戸が開き、数人の女達が外へと出て来た。月光院とその供だ。

やはり、か……。加門は息を詰めて、その足取りを見つめる。

昨日とは違い、北へと進んで行く。

やがて吹上の庭を出て、濠沿いに進んで行く。

濠に架かる北桔橋《きたはねばし》を渡り、大奥の御広敷門《おひろしきもん》へと向かう。

門内へと消えた一行を、巧みに身を隠しながら見届けた多門は、翻って中奥へと急ぐ。

朝は将軍が大奥を訪ねるのが慣習だ。たとえ中奥の寝所で過ごしたとしても、朝は一度は大奥へ行く。大奥には歴代将軍の位牌《いはい》を祀《まつ》る部屋があり、そこを参るのが勤めになっているためだ。

さらに、大奥の重鎮《じゅうちん》が将軍に挨拶をする総触《そうぶれ》がある。

月光院様は、そこでお話しをされるおつもりなのだろう……。加門はそう考えながら、中奥の一室へと向かった。

「意次、いるか」

小声で呼ぶと、

「おう、加門か」

中から声が返った。

「入るぞ」

加門は自ら襖を開け、内に身を滑り込ませる。

「どうした」

すでに身支度を終えた意次が、鬢をなでつけながら目を見開く。

「うむ、吹上のお庭から来たのだ、月光院様が……」

加門は昨日からの出来事を話す。

「そうか」意次が片眉を寄せる。

「では、まもなく上様にお目通りなさるな。そして、なにごとかを話される……いや、月光院様のご気性だとほとんど命令のようなものだろうな」

「ああ、大御所様にもお許しを得ているはずだから、強く出られるに違いない」

ふうむ、と二人は顔を見合わせる。

「やはりあのことだろうか」

「おそらくは」

頷く加門に、意次はすっくと立ち上がった。

「では、大岡様にもお話ししておかねばならんな、心構えが必要だ。加門、助かったぞ、またあとで会おう」

意次が廊下へと出て行く。

加門も、そっと部屋を出た。


中奥の詰所で、加門はじっと端座していた。動き出したい気持ちはあるが、うかつに出歩くわけにもいかない。

すでに昼を過ぎ、中食も終えた。

将軍も昼餉《ひるげ》をすませ、小姓らも世話が終わったはずだ。小姓はそれからが、中食になる。

しばらくすると、詰所に向かって足音が近づき、前で止まった。

「宮地加門殿はおられますか」

「はい」

すぐに襖を開けると、意次の配下にあたる小姓見習いが顔を上げた。

「田沼主殿頭《とのものかみ》様がお呼びでございます」

「参ります」

加門は小姓見習いの横をすり抜け、廊下を蹴るように早足になった。

部屋の襖は開けられており、中から意次が廊下に首を伸ばしていた。

「来たか、入れ」

うむ、とうしろ手で襖を閉めながら、加門は滑り込むように座った。

向き合った意次の顔は険《けわ》しい。

唾を呑み込む加門に、意次が頷く。

「上様はたいそうご立腹だ」

「そうか、で、話の内容は聞いたのか」

「ああ、はじめは大岡様とお二人で話されていた。しばらくして、わたしも呼ばれて、
聞いてな、老中を呼ぶように命じられたのだ」

「老中……では、御下命を出されるのか」

「うむ、老中をお呼びすると、上様から命《めい》が下されてな、これから公にされるはずだ」

意次が眉を寄せて、息を吐く。

加門は唾を呑み込むと、意次は目顔で頷いた。

「宗武様と宗尹様の登城禁止を解く、というお触れだ」

「そうか……」加門も大きく溜息を吐いた。

「やはり、月光院様へ訴えられたのはそのことであったのだな。そして、月光院様はそれを上様に進言され、意は達せられた、と。いや、あのお二人のこと、みすみす引き下がることはあるまいとは思うていたが」

「ああ、やはり手強《てごわ》い」

意次は歪んだ顔のまま、首を振った。

加門はその意次を見つめる。

これでしばらくは、またお城泊まりが続くのだろう……。上様の意を速《すみ》やかに汲《く》めるのは大岡様と意次だけだ。ましてや不機嫌になられれば、他の者では用が足りない。意次が離れるわけにはいかないはずだ……。

「そなたも大変だな」

加門のつぶやきに、意次は顔を上げる。

「なに、このようなときにこそ、我らが上様をお慰めせねばならん」

そう言いながら、胸を張った。

第二章　意趣《いしゅ》返し

一

「あら、お出かけですか、今日は非番では」

千秋の問いに、加門は土間で草履《ぞうり》を履《は》きながら振り返った。

「医学所に行って来る」

「ああ、はい」上がり框に手をついて、千秋は笑んで加門を見上げる。

「いってらっしゃいませ」

加門も笑みを返すと、明るい外へと出た。

日本橋《にほんばし》の町を抜け、大伝馬町の医学所に着く。ここしばらく来ていなかったため、
加門は中を覗き込みながら、

「おはようございます」

と、大声を上げた。と、同時に草履を脱ぎ、勝手知ったる奥へと入って行く。

薬部屋では、この医学所の主である阿部将翁が生薬《しょうやく》の選別をしていた。が、足音に気づいてその顔を上げる。

「おお、加門か、久しぶりでないか」

「はい、すみません」頭を下げながら、横に座る。

「あの、腕を斬られた侍が来ませんでしたか、竹熊源三郎という者なのですが」

「おう、来たぞ、そなたにここを教えられた、と言うてな」将翁が頷く。

「加門の知己《ちき》であればと、浦野正吾《うらのしょうご》にまかせたわ。しかし、腕を縫うのは嫌だとだだをこねて、縫わずにやっておるらしい」

「だだを……そうですか、正吾は来てますか」

「診療部屋におるだろう」

顎《あご》でそちらを示す将翁に礼をして、加門は廊下へと出た。

患者を診る部屋で、正吾は道具の用意をしている。

正吾、という加門の呼びかけに、その顔を上げて笑みを見せた。

「よう、加門、ご無沙汰だったな」

「うむ、すまん、竹熊殿を診てくれているそうだな」

「ああ、あの御仁か、宮地加門様に言われて参った、と言っておったぞ」

正吾の言葉に加門はぐっと喉を詰まらせる。正吾には加門の身分を明かしていない。正吾と同じく御家人の部屋住みということにしてあるのだ。

「いや、まあひょんなことで知り合ってな、なんというか、礼儀正しいお人なのだ」

「ふむ、確かに律儀そうだった。しかし、傷口を縫うと言ったら慌てふためいて、それはやめてくれと、腰を引いたな」

ははは、と笑う正吾に、加門は肩をすくめる。

「まあ、いやがるお人は多いな。まだ、縫える医者も少ないしな」

「そうだな、それに、多くの患者を診てると、男はだいたい切るとか縫うとかには怖《お》じけるな。女《おなご》のほうがいざとなれば肝《きも》が据《す》わる」

「ああ、それは確かに」加門も顔が弛む。

「で、竹熊殿は大事ないか」

「うむ、大丈夫だ。今日も来るはずだぞ。縫わずにやっているから、膿《う》むのが怖いしな、当分通うように言ってあるのだ」

「そうか、では薬包作りでも手伝いながら待つことにしよう。竹熊殿が来たら教えてくれないか」

「ああ、承知した」

正吾の声を背に、加門は部屋をあとにした。


薬部屋で、加門は生薬を計りはじめた。

何種類かの生薬を合わせて、紙で包む作業だ。

手を動かしながら、加門は愛宕山での出来事を思い起こしていた。

息絶えた二人を前にして、竹熊は役人に事細かにいきさつを話した。眉を吊り上げていた役人は聞くうちにそれを下げ、加門への詰問は穏やかになった。

さらに、加門が御庭番の身分を名乗り〈御用の最中で……〉と言うと、見る間に役人の態度は変わった。

〈それは災難でしたな〉

そう言うと、役人は小者《こもの》らを呼び集めた。

山之内と豊村の遺体を番所に運ぶ手筈《てはず》を整えると、竹熊に向き直った。役人がその口を開く前に、竹熊は同行を願い出て、

〈二人の家も知っておりますゆえ、わたしが最後までみます〉

進んで役人に従った。

その場で放免となった加門は、山を下りて行く一行を見守るだけだった。その後、どうなったか……。小さな棘《とげ》のように、頭の片隅に刺さっている。

「おい、加門」廊下から正吾の声が近づいて来る。

「竹熊殿が来たぞ」

「そうか、今行く」

加門は早足になる。

診療部屋で座っていた竹熊は、入って来た加門の姿に目を丸くした。

「やや、これは宮地様……」

加門は傍らに座ると、竹熊の腕をとり、顔を近づけた。

「ここではわたしは一介の医者見習いなのです」

加門の言わんとすることをすぐに察し、竹熊は小さく頷く。

「わかり申した、よけいなことは言いません」

目顔で頷き合い、加門は正吾を振り向いた。

「わたしが治療してもいいか」

「ああ、まかせる」

正吾は別の患者へと移って行く。

加門は巻かれた晒《さらし》をほどきながら、竹熊にささやく。

「どうされたかと気になっていました」

「ああ、それは……お気にかけていただき、かたじけない。おまけにこのような立派な医学所につなげていただき、ありがたく思うております」

「いえ……あの亡くなった二人はどうなりましたか」

晒をとって傷口を診ながら、加門は上目で問うた。

「はあ、山之内殿は茶毘《だび》に付してお寺に葬《ほおむ》ってもらいました。豊村左馬之助は妻と倅《せがれ》に渡して、弔《とむら》いを出すのを手伝いました。左馬之助とは浪人暮らしの頃から、親しくしていたものですから……墓にちゃんと葬りましたので、御安心くだされ」

「そうでしたか、豊村殿、ほかにお子は」

「下にも男子がいたのですが、七つのときに流行病《はやりやまい》で亡くなったのです。今は、御妻女の千代《ちよ》殿と吉之助《きちのすけ》の二人になりました。わたしは松平家の長屋を出てから、豊村家の近くに家移りをしたので、なにかと行き来をしております。左馬之助は端《はな》から町で御家人屋敷の間借りをしていたので、わたしはその近くの長屋を借りたのです」

「そうですか、それは心強いでしょうね。浪人暮らしの頃からであれば、ずいぶんと長いおつきあいということですか」

「ええ、もう二十年以上になります。昔は同じ長屋で暮らしておりまして、互いに米を融通し合ったり、菜を分け合ったりしたものです。それが殿……いや亡き将監様が、家臣を新たに召し抱えられると聞いて、共に仕えることになったのです」

「ああ、将監様がみるみる御出世なさって、御家臣を増やされた頃ですね。よい運でしたね……なるほど、それで豊村殿は妻《めと》を娶られたのですか」

加門は傷口を角度を変えて見つつ、竹熊をも見る。

「ええ、そうです。わたしはあきらめていたのですが、左馬之助はどうしてもお家を再興したいという気持ちが強く、跡継ぎを望んでいたのでしょう……仕官が叶《かな》うとすぐに嫁取りに動きまして、うまく運んだわけです」

へえ、と加門は話半ばに治療に集中する。

竹熊は傷口に薬を塗る加門の手元を見つめる。と、おずおずと言葉を繋いだ。

「ここで宮地様に会えるとは……おまけに医者見習いをしておられるとは……」

ふっ、と加門は苦笑して頭を振った。

「いや、ずっと見習いのまま……半端なものです」

「いえ、それでもこのような手際」

塗りおえた薬の上から再び晒を巻く加門の手を見つめて、竹熊はしばし、下唇を嚙んだ。

「実は、ですな……」

言いよどんで止まった竹熊の声に加門は顔を上げた。

「はい、なんでしょう」

「実は」竹熊は息を吸う。

「その豊村の妻女である千代殿が、左馬之助の死んだあと、具合が悪くなったのです」

加門は師の教えを思い出して、

「大事な人を亡くすと、病になりやすいといいます」

そう言葉にしながら、もう一つの思いは腹の底に沈めた。そして、その大事な人を斬ったのはわたしだ……。

竹熊は言いにくそうに、頷く。

「はあ、それもあるかと」

「わたしが往診に行きましょう」

加門が胸を張る。と、竹熊は首を振った。

てて手を振った。

「あ、いや、それは……」

眉を寄せて、顔をしかめる。否、と言われて加門が思わず眉を寄せると、竹熊は慌
「いや、お断りしているわけではなく……その、実は役人が左馬之助の死のいきさつを家の者に話したのです。御用を負った御庭番に筋違いの怨みで斬り付けるとは、不《ふ》届《とど》き千万《せんばん》、と。その折に宮地様のお名も出たのです。すると後日、倅の吉之助は宮地加門が父の仇《かたき》なのですね、と言い出しまして……」

加門は絶句する。確かに、それは間違いない……。

「いや」と竹熊はさらに手を振った。

「わたしも筋を通し、子供にもわかるよう話したのです。山之内と左馬之助の怨みはお門違《かどちが》いである、と」

「子供……その吉之助殿はいくつなのですか」

「十四です。来年、元服することになっていたのですが、父が浪人となれば元服するどころではなく、ましてやその父も死んでしまったということで、先日、自ら前髪を落としてしまいまして……少し、気持ちが乱れておるのでしょう」

ふう、と息を吐くと、竹熊は思い直したように顔を上げた。

「いや、ですから家にお越しいただくのは、なにかと不都合かと」

「なるほど」

平静を装いつつ、加門は胸の内の動揺を押し殺した。親の仇、とはっきりと名指しされると、さすがに背筋が冷える。

「では……」気を取り直して、加門は正吾に目をやった。

「別の者を行かせましょう、あの浦野先生ならどこでも行ってくれます」

「あ、それは……」

竹熊がまた言いよどむ。

「なんでしょう」

大きく首を傾げた加門に、竹熊は、

「その、千代殿をこちらに連れて参るのはまずいでしょうか」

そう、かしこまった。

「はあ」加門は小さく首を傾げた。

「それはかまいませんが……その千代殿は、出歩けるのですか」

「はい、もうしばらく休んでいれば、よくなるかと」

「そうですか……では、五月の十日はいかがですか、午後ならいつでも」

非番の日だ。

「はい」竹熊の顔も晴れた。

「では五月の十日、未《ひつじ》の刻（二時）頃でいかがでしょうか」

「ええ、結構です」

頷く加門に、竹熊は頭を下げる。

「かたじけない、助かります」

「いえ、しかし、竹熊殿はそれまでのあいだも、手当てに通ってください」

加門は晒を巻きながら、考え込む。助かるとは、御妻女はそれほど悪いのだろうか、いや、それなら往診を望むはずだが……。腑《ふ》に落ちない思いも呑み込んで、加門は手当てを終えた。

二

江戸城中奥。

御庭番の詰所で、食べ終えた弁当をかたづけていると、廊下から早足が近づいて来た。入って来たのは御庭番の長老格の一人である高橋与三郎《たかはしよさぶろう》だった。

「一揆《いっき》が起きたそうだ」

「またですか」

顔を上げた加門に、高橋が頷く。

「このところ、方々《ほうぼう》で頻繁に起きているから、人手が足りずに大変らしい」

「表は慌ただしくなりそうですね」

そう言いながら加門は立ち上がった。表のようすを見に行こう、と廊下へと出る。

城表はさまざまな役所があり、日々、役人がそこで務めをしている。

加門は長い廊下を歩いて、勘定所へと向かった。役所の中でも最も多くの役人を抱える勘定所は、本丸に御殿勘定所、大手門内《おおてもんない》に下勘定所がある。

加門は御殿勘定所に近づいて足運びを緩めた。

今、勘定奉行所を指揮しているのは神尾春央だ。勘定奉行は四人置かれているが、そのうちで最も力を持っている。老中首座を務めていた松平乗邑が片腕としていたことで、特別な権力を与えられていたためだ。

乗邑が罷免されたため、しばらくその勢いも衰えたかに見えたが、そこで起きたのが葬儀の際の宣言だった。

加門は神尾の言った言葉を思い出していた。

〈将監様、この神尾春央、御恩はけっして忘れませぬぞ。そして、あとのことは任せると仰せになられたそのお言葉、必ずや相務めますゆえ、御安心くだされ〉

その神尾の声が聞こえてくる。

「まだできぬのか、言うたとおりにさっさといたせ。使えぬ者は下勘定所に追いやるぞ、行けば二度と戻さぬからな」

神尾の声以外は聞こえてこない。ただ、算盤《そろばん》をはじく音や紙をめくる音だけが、廊下に洩れてくる。

加門はそっとその場を離れた。

神尾にも一揆の話は届いているであろうに、気にしているようすはない。

廊下を進んで行くと、前から若年寄《わかどしより》がこちらに向かってくる。非番であったものの、一揆の知らせを聞いて登城したらしいことが、眉間《みけん》の深い皺《しわ》から察せられた。加門は端に退き、通り過ぎるまで深々と礼をした。

前にも足早に行き交う役人らの姿がある。

その向こうに目がいき、加門ははっと息を呑んだ。

慌てて今、通り過ぎたばかりの廊下を戻り、そこから奥へと繋がっている細い廊下に身を移す。

さりげなく歩きながら振り向いて、表の廊下を見る。

宗武がそこを歩いて行った。登城禁止を解かれたため、堂々と胸を張っている。

加門は踵を返して、表廊下へと戻り、うしろ姿を追った。

予想したとおりに、帝鑑之間《ていかんのま》へと入って行く。城中の控えの間でも、位の高い大名の殿中席《でんちゅうせき》だ。

加門は懐に用意していた書状を恭《うやうや》しく両手に掲げた。書状の中身は真っ白だが、こうしていれば使いに見え、怪しまれない。

加門は帝鑑之間の前で足を緩め、横目で中を窺った。

部屋の片隅で、宗武と松平和泉守乗祐が話し込んでいるのが見えた。

やはりそうか……。加門はゆっくりと通り過ぎ、中奥へと続く廊下に戻った。


中奥に戻ると、加門は廊下の先を見た。

今、見てきたことを報告したほうがいいだろうか……。そう逡巡《しゅんじゅん》しながら、廊下を進む。その先を曲がれば、意次の部屋がある。

意を決めて曲がると、あっと声を上げそうになった。廊下に立つ意次の姿が、そこにあったからだ。

おう、と意次のほうが声を上げた。

「やっと来たか」

え、と加門が慌て近寄って行くと、意次は、

「待っていたぞ」

と、腕を叩く。

「今、表のほうに行っていたのだが」

「そうなのか、小姓見習いを使いに出したのだが、では、行き違いになったのだな。来てくれ、上様のお召しだ」

誘《いざな》う意次に従って、加門は小部屋に入って行く。

まだ、家重の姿はなく、加門は斜めに座った意次に上体を寄せた。

「ちょうどよかった、表で見聞きしたことを、そなたに報告しようと思ったのだ」

神尾春央のようすや宗武と乗祐の対面のことを話す。と、意次は口を曲げた。

「宗武様と乗祐様か……おおかた、乗祐様に早く老中になれと、方策などを授けておられるのだろうな」

「ああ、そんなところだろう。佐倉藩主が老中になるのは、これまでの流れのようなものだ。松平乗祐様が老中になれば、宗武様は思いのままに操れる。御政道に深く参

画できるからな」

「うむ、透けて見えるな」意次は腕を組んだ。

「なれば、それこそちょうどよい、そなたから上様に報告してくれ。どちらも上様がお気にかけていることだ」

うむ、と加門が頷く。

そこに、足音が伝わってきた。

「上様の御成《おな》りである」

大岡忠光の声とともに襖が開き、二人が中へと入って来る。

低頭する加門に、さっそく忠光が口を開いた。

「よい、面を上げよ、上様の御下命を申し渡す」

は、と上げた加門の顔に、家重も頷き、忠光が口を開いた。

「このたびの一揆のことは聞いておろう。先頃より、強訴《ごうそ》や一揆、逃散《ちょうさん》が増える一方だ。宮地加門、そなた、町にある郡代屋敷《ぐんだいやしき》のようすを見て来てくれ。周りの公事宿《くじやど》にどれくらい訴え人が集まっているのか、知っておかねばならん」

「はっ、かしこまりました」

頭を下げつつ、加門は家重の不機嫌そうな面持ちを盗み見た。

さまざまのことで機嫌を損ねているのは明らかだ。

その口が小さく動き、忠光が頷いた。

「郡代屋敷にはなにも問うでないぞ。どのみち、真《まこと》のことは答えぬ。毎回、こちらから問うても、曖昧《あいまい》な返答しか上げてこぬのだ」

そうか、と加門は腑に落ちた。郡代屋敷にとって、強訴や一揆、逃散などは失点だ。上に知られるのを恐れ、隠しているに違いない……。

は、と加門は改めて礼をした。

その横から、意次が声を発する。

「上様、この宮地加門、城表で見聞きしたことがあるそうです」

む、と家重と忠光が顔を見合わせる。

「なんだ」忠光が身を乗り出した。

「言うてみよ」

「はい、実はさきほど……」

加門は神尾春央のようすに続けて、宗武と乗祐のことを話す。

家重の不機嫌がますます深まるのが、見てとれた。強ばった口元が震え、頬も引きつる。が、加門に向けて大きく頷き、口を開いた。

「あ……ま、なに……せ、よ」

忠光がそれを伝える。

「あいわかった、また、なにかあれば知らせよ」

「はっ」

低頭する加門に、家重の唇が「大儀」と動く。それ読み取って、

「もったいなきお言葉」

加門が即答する姿に、忠光も意次も目元を弛《ゆる》めた。


大川《おおかわ》（隅田川《すみだがわ》）近く、馬喰町《ばくろちょう》の町に、加門は足を踏み入れた。ここに郡代屋敷がある。

主である郡代は、代々伊奈家《いなけ》が半左衛門《はんざえもん》の名を継いで務めている。

加門は立派な門構えと、長い塀に囲まれた屋敷を見上げた。

関東郡代は関八州《かんはっしゅう》の直領《じきりょう》を支配する役だ。農地から得られる税を管理するのが最大の役目であり、各地に代官を筆頭とする役人を派遣している。その地で代官所や陣屋を構え、支配するのだ。

開けられた屋敷の門に、男達が並んでいる。羽織で正装している男達は、各地の名

主か庄屋だろう。訴えをするために順番を待っているに違いない。それを遠巻きにして見ているのは、陽に焼け、がっしりした身体のいかにも百姓らしい男達だ。

加門は屋敷を離れ、町の宿屋街へと向かった。

この辺りには公事宿が多く集まっている。

そもそも郡代に訴えをするために江戸に来た百姓が、近くに泊まるためにできたのが公事宿のはじまりだった。百姓宿と呼ばれるそれらの宿は、税の取り立てが厳しくなるにつれ、軒数が増えていった。

さらに、町人らが公事（訴訟）のために泊まる宿もできはじめた。ここからならば、目安《めやす》（訴状《そじょう》）を出す町奉行所も近い。公事宿には訴訟の手続きを代行する公事人もいるため、人々が続々と集まる。さらに、公事をする者でなくとも泊まることができるため、常に人が行き交う。

加門は百姓宿の入り口で立ち止まった。

中へ入ると、土間を掃除していた手代が怪訝《けげん》そうに顔を上げた。武士の来るところではない。

「少し尋ねたいのですが」

加門の丁寧《ていねい》な問いに、手代が身体を伸ばす。

「へい、なんでやしょう」

「客は多いのですか」

ああ、と手代はぐるりと顔を巡らせた。

「へえ、いっぱいですよ。百姓宿はどこも同じでさ。訴えが多いんで、郡代様もなかなか手がまわらないんでしょう。日にちがかかりますんで長逗留《ながとうりゅう》になる、で、いつまでも空きが出ない、ってとこでして」

「なるほど」加門は頷く。

「いや、わかりました、邪魔をして申し訳ない」

出て行く加門に、手代が肩をすくめる。

道に出た加門は、二階屋の窓を見渡した。人の姿が見える窓もあり、洗った手拭いなどが干してある窓もある。

ゆっくりと歩き出すと、加門はその足を止めた。

目の前の宿から大声が響いてくる。と、中から人が転がり出た。

二人の男がつかみ合って、道を転がる。

互いに手で相手を殴り、足で相手を蹴る。

「おめえなんかにわかるかっ」

「なにおぅ、こんちくしょう」

怒声を放ちながら、転がり続ける。

「よせ」

加門は走り寄って、手を伸ばした。が、それを声が遮《さえぎ》った。

「止めんでくだせえ」

宿から出て来た男が、加門を手で制する。

しかし、と殴り合う二人を見下ろす加門の傍らに、男が立った。

「あの若いほうはわしの倅でがんす。相手は別の村のもんだけんど、ふだんは仲良くやってるんで」

そう言う男は五十がらみで、慌てるようすもない。おそらく土地の名主だろう。

「ここに泊まっているのですか」

加門の問いに、男は頷く。

「そうでがんす。江戸に出て来てもうひと月以上。目安は出したものの、なんの音沙《おとさ》汰《た》もねえ。田畑も気になるし、女房子供も気になる、早く帰りてえのに帰れねえ。みんな、苛立ちがたまってるんで」

「なるほど」加門はなおも殴り合っている二人を見る。

「しかし、血が……」

口や鼻から血が出て、顔を汚している。

ああ、と男は笑った。

「あんくれえなんでもありゃせん。わっしら百姓は畑仕事で身体を作ってるんだ。お武家よりもよっぽど作りがしっかりしてまさ」

加門はあらためて転がる男達を見る。確かに腕も脚も筋骨が隆々としている。

「村では」加門は男を見た。

「なにか困り事があるのですか」

その言葉に、男はたちまちに顔をしかめた。

「困り事もなにも……年貢は増やされるし、取り立ては厳しくなる、払えんと言っても、取り合ってもらえん……困り事ばかりで……だからこそ、こうして訴えに来たんでがんす」

男はふうっ、と息を吐いた。が、その手を大きく打つ。

「さあさあ、もうやめっ」

転がっている二人に近づいて行く。

「暴れて気がすんだだろうが」

倅と言っていた若い男の襟首《えりくび》をつかむと、ぐいと引き離した。

倅は荒い息とともに、口中から血を吐き出した。

もう一人の男も、出て来た年寄りに、両脇を引きずられて離れて行く。

加門はそこから隣の宿へと移った。

前から「煮売りぃ」と声を上げて、煮物や菜を売る男がやって来る。

二人の百姓らしい客が出て来て、煮売りを呼び止めた。

「煮売り屋さんよ、卯の花《うのはな》はあるかね」

その男の肩をつかんで、もう一人が首を伸ばし、

「おい、また卯の花かよ」

そう言うと、つかまれた男が口を尖らせて振り返った。

「文句たれるでねえ、稗《ひえ》食ってるみんなのことを思え」

そのやりとりに、立ち止まった煮売りは二人の顔を交互に見る。

「卯の花、ありますがね」

「ああ、もらう」

男が巾着《きんちゃく》を取り出すと、肩をつかんだ男が溜息を吐いた。

「そうだな、みんなからかき集めてきた銭、無駄にはできねえ」

加門はゆっくりと歩きながら、耳をそばだてる。

もう二、三日来て、書状に記してお渡ししよう……。そう考えながら、加門はそっとその場を離れた。

三

「加門、骨折に添《そ》え木《ぎ》を当てる、ちょっと手伝ってくれ」

医学所の治療部屋で、浦野正吾が振り返った。

「おう」と、加門が寄って行き、患者の腕を支えた。

てきぱきと手当てをする正吾の横で、加門は響いてくる刻《とき》の鐘《かね》を数えていた。未《ひつじ》の刻だ。

「宮地先生」弟子の一人が入って来ると、

「竹熊さんが見えました」

そう言って、男と女を導き入れた。

もういいぞ、という正吾の目顔で加門は離れ、二人へと歩み寄った。竹熊のうしろに立った女が小さく頭を下げる。豊村左馬之助の妻千代に違いない。

「さあ、どうぞ」

加門は隅の襖の前へと二人を誘う。

「こちらがお話しした千代殿です」

竹熊の言葉に千代が改めて礼をしようとするのを、加門は手で止めた。と同時に、頭を下げた。

「このたびは、本意でなかったとはいえ、豊村殿、そして千代殿やお子には申し訳ないことでした」

加門のふるまいに驚きを見せ、千代はその口を小さく動かした。

「いえ、そのような……」

加門は顔を伏せて、畳の上の敷物を示す。

「どうぞ、お座りください」

では、と二人は腰を下ろし、加門も向き合った。

竹熊は咳を払うと、千代を手で示した。

「千代殿は以前はもっと顔色もよく、肉付きも……ああいや、ずいぶんとやせてしまったので、心配なのです」

確かに丸顔の頬がこけている。

「では、脈を診ましょう」

加門が手を出すと、千代は大きく頭《かぶり》を振って、手もそれに合わせた。

「いえ、先に竹熊殿のお手当てを……わたしはそのあとで結構です」

強い口調に、加門が向きを変えると、竹熊も素直に袖をまくって腕を出した。

「浦野先生によく診てもらっています。一度、阿部将翁先生にも診ていただきました。縫っておれば治りが早いものを、と叱られましたが」

苦笑する竹熊に、加門もつられる。

「そうですね、蘭方《らんぽう》では傷口を縫うのは普通ですから」

加門が晒を解きながら頷くと、竹熊が首を伸ばした。

「こちらは蘭方なのですか、煎《せん》じ薬《ぐすり》ももらいましたが」

「ああ、漢方もやっています。将翁先生はどちらも修められたので、我々も両方学んでいるのです。蘭方は傷の治療にすぐれていますし、漢方は回復を助ける力に優《すぐ》れています。双方を用いれば、よりよい治療ができるのです」

「なるほど」

竹熊は己の傷口をちらりと見て、すぐに顔を逸《そ》らした。加門は思わず、目元を弛めると、

「大丈夫、もう傷口はついていますよ」と、竹熊を見た。

「もう膿む心配もありません。ただ、もう少し晒を巻いておいたほうがいいでしょう。傷口は皮膚が盛り上がることが多いので、押さえておくとそれを防げるのです」

「わかりました。今度、手習いを教えることにしたのですが、腕を動かしても障《さわ》りはないでしょうか」

「ええ、差し支えありません」

竹熊はほっとしたように、顔を戻す。

晒を巻き終えると、加門は千代に向き直った。

「舌を見せてください」

はい、とおずおずと開けた口を覗き込んで、加門は手を出す。

「では脈を診ます」

頷いて差し出した手首に指を当て、加門は指先に集中しつつも、

「食はいかがですか、普通に食べられますか」

上目で問う。

「いえ、あまり」

「寝るのはどうですか、眠れていますか」

「いえ、それもあまり」

首を振る千代の力のない目を見つめて、加門は、腹の底で頷く。それはそうだろう。夫が突然、浪人になり、あげくに斬り殺されたとなれば、普通でいられるほうがおかしい……。

「あとはどのような困り事がおありですか」

加門の問いに、千代は小さく首を傾げる。

「そうですね、頭がふらつくことがあります。それと、お腹の具合が……すこし、これまでと違って……」

加門は立ち上がると襖を開け、隣の小部屋を示した。

「では、こちらへ」

ためらいつつも立つ千代に、竹熊も腰を上げる。

「竹熊殿はこちらでお待ちください。千代殿の腹診をしますので」

はあ、と心配そうに見上げる竹熊に会釈をして、千代は中へと入った。

「帯を解いて、仰向けになってください」

「え、なれど……」

「着物を広げるだけで結構です。お腹を触って診なければなりません、やったことはないですか」

「はい、あります、子供の頃によく」

千代は思い直したように帯を解き、仰向けになると着物の前を開いた。

加門は襦袢《じゅばん》の上から、腹部をゆっくりと指先で押していく。

「腫《は》れもしこりもありませんね、お産は軽くすみましたか」

「はい、安産でした」

横に向けた顔で頷く。と、その目元が弛んだ。

「わたしは安産であろうと見込まれて、左馬之助様にもろうていただいたのです」

やわらかくなった声音《こわね》に、加門は思わずその顔を見た。千代がなにかを思い出したかのようにくすりと笑う。

「わたしはこのように不器量でございましょう」

確かに顔も目も鼻も丸い。

「いや、そのような……童《わらべ》のようで、なかなか……」

「まあ、お気遣いを……なれど、よいのです。わたしには姉と妹がおり、二人は器量よしでしたから、わたしは幼い頃からようくわかっていたのです。二人はともに十八で嫁《とつ》いでいきましたが、わたしはもらい手もなく、あきらめていたのです。そもそも貧しい御家人の家で、もう嫁入り支度をする余裕もなくなっていましたから」

千代は天井を仰ぎ見る。

「なれど、人を介して左馬之助様と会うことになりました。わたしは恥ずかしさで俯いていたのですが、左馬之助様はすぐに妻にと望んでくださったのです。こんな器量でもよいのでしょうか、と顔を上げたところ、左馬之助様はこうおっしゃったのですよ。跡継ぎがほしいので、丈夫そうな女《おなご》がよいのだと……」

小さく吹き出す千代に、加門も頰を弛めた。千代は頭を畳から上げて、加門を見る。

「わたし、さすがにむっとしたのですが、左馬之助様はいたって真剣。思い直してみれば、確かにわたしの取り柄は丈夫なことだけ、とお受けしたのです」

「そうでしたか」

加門は顔を伏せる。その左馬之助を斬ったときの手応えが思い出され、胸が少し苦しくなった。

「申し訳ありません」

あらためて頭を垂れると、千代は肘《ひじ》を突いて上体を上げた。

「いえ、わたしは責めるために言うたのではありません」と、自らの姿を見て、

「あの、お腹はもうよいでしょうか」

指で着物を指した。

「ああ、はい、もう着物を着て結構です」

その言葉にすっと立ち上がり、千代は帯を取り上げた。

身支度を終えると、千代は加門に向いて正座をした。

「すみません、実は病を診ていただくよりも、わたしは宮地様にお会いしたいがために、竹熊殿に連れて来てもらったのです」

は、と戸惑う加門に、千代は凜《りん》と背筋を伸ばす。

「夫がどのような最期を遂げたのか、知りたかったのです。もしも、理不尽《りふじん》な死に方をしたのであれば……ああ、いえ、そうではないとわかりました」

「いや、しかし」加門も姿勢を正す。

「斬らずともよかったのです。山之内殿のように峰打ちですませるつもりでした。それが、うまく躱すことができずに、あのようなことに……」

加門は、まるで正気を失ったかのように見えた左馬之助の顔を思い起こしていた。が、乱心だったとしても、それは言い訳になる。

「宮地様のお言葉、真でありましょう。こうしてお話をしてみて、無用に人を殺すようなお方ではないことは、ようくわかりました」

千代はきっぱりと頷く。その肩から力が抜けていくのがわかった。

「左馬之助様はお父上が浪人となられてから、ずっと御苦労を重ねてきたようです。やっと仕官が叶い、吉之助という跡継ぎも生まれ、その喜びが大きかったぶん、描いていた夢を失って、呆然としたのでしょう。宮地様に斬りかかるなど、お役人の言われたとおり、筋違いであったとわたしにもわかっております」

俯きつつも、拳がきゅっと握られる。

「ただ……」千代の息が洩れる。

「元服もしておらぬ息子を残し、このように終えるとは……わたしのことなど考えておられなかったのだと思うと、胸がきりきりと痛むのです。いっそ、宮地様を怨むことができれば楽になるかと思うておりました」

「それは……怨んでくださってかまいません」

加門の言葉に、千代は首を振る。

「いいえ、その思いは消えました。お会いしてよかった……心持ちまで不器量になるところでした」

向かい合う二人の間に、隣から衣擦《きぬず》れの音が割って入った。うほん、と襖越しに咳が鳴る。

「ご無礼いたしてもよろしいか」

竹熊の声が響いてくる。

「ええ、どうぞ」

加門が襖を開けると、竹熊は膝行《しっこう》して滑り込んで来た。

加門に会釈をすると、千代の傍らに進み、背を丸めてその顔を覗き込んだ。

「千代殿、お聞きくだされ、左馬之助はよく申しておったのだ、よき妻を得た、運がよかった、とな」

千代がゆっくりと顔を上げる。

「真でございますか」

「ああ、嘘など言うものか。左馬之助はそら、ちと内気であったであろう、だから口に出しては言えなかっただけだと思うぞ。千代殿を大事に思うておったのはわたしがよく知っておる」

竹熊が胸を叩いて頷く。

「それにな、心配はいらぬ、吉之助のことはわたしが面倒を見る。父親代わりとまではいかぬかもしれんが、なぁに、いろいろと教えられることもあろうよ」

強い竹熊の口調に、千代は握っていた手を開き、畳についた。

「かたじけのうございます。そうおっしゃっていただくだけで、気持ちが楽になりました」

その顔を加門にも向け、あらためて深々と頭を下げる。

「申し訳のないことでした。どうか、左馬之助のことはお忘れください」

いや、と加門は膝行する。

「お手をお上げください。わたしもできることはします。具合が悪いときには、遠慮なく、ここに来てください」

千代がその顔を上げ潤《うる》んだ目で頷いた。

竹熊もその横に並び、

「ありがとうございます」

と、二人の声が重なった。

四

本丸中奥から庭に出た加門は、竹箒《たけぼうき》を手にして、城表のほうへと歩き出した。

ここ数日、いつもと違い気配を感じていたからだ。気のせいかもしれない、とは思いつつ、気になる。

ここしばらく、意次とも話ができていない。多忙らしく、部屋を訪ねてもおらず、たまに廊下を足早に歩く姿を見かけるだけだ。

表の廊下が見える場所で箒を動かしながら、加門は行き交う人々を横目で見た。

足音を立てて、下役の役人が通り過ぎる。下役が忙しそうなのはいつものことだ。

おや、と加門の目は一人の姿を追った。若年寄が足早に松の廊下を歩いて行く。重役が急ぐ姿は珍しい。

いや、重臣らはまもなく下城の刻となるため、急いでいるのか、と加門は一人頭の中でつぶやいた。

その加門の目が、別の方向へと引き寄せられた。

神尾春央が廊下に出て来たのだ。

その場に立ち、首を伸ばした神尾は、しばらくすると歩き出した。その先には帝鑑之間など、高位の控えの間がある。

なんだ、とそちらを向いた加門は、すぐに廊下の近くへと位置を変えた。

帝鑑之間から出て来たのは、松平和泉守乗祐だ。

神尾はそちらにゆっくりと歩いて行く。

加門はうつむき、箒で地面を掃きながら、耳をそばだてた。

「やっ、これは和泉守様」

初めて気がついたかのような大仰《おおぎょう》な声を、神尾が上げた。

「ああ、これは神尾殿」乗祐の足が止まる。

「そういえば、先日、頂戴《ちょうだい》いたしたお香、父のご仏前に上げておりますぞ。よい香りですな」

「はっ、これはうれしきこと。あのお香は京の物で、御所にも納めているお品でございますれば。一流好みであられた将監様に相応《ふさわ》しき物と思いまして」

「さようであったか、うむ、父も彼岸《ひがん》で喜んでおられるに相違ない。貴重な物、礼を言いますぞ」

「いえ、亡きお父上には一方《ひとかた》ならぬお世話になりましたゆえ、心ばかりのお礼でございます。わたしは今も、将監様に教えられたいろいろのこと、そして薫陶《くんとう》を、日々、仕事に活かしております」

舌の滑らかな男だ……。そう思いながら横目で窺うと、神尾のつねにないにこやかな面持ちが見てとれた。

「うむ」乗祐も笑みを浮かべる。

「そなたの働きは父から聞いたことがある」

「おや、さようでございますか。では、次は是非、和泉守様と仕事をさせていただきたいものです」神尾の声が低くなった。

「老中の席は空いたままですから、さほど遠くないかもしれませんな」

「なにを申すか、わたしはまだまだ父の足元に及ばぬ」

乗祐が身を反らせた。眉を寄せてはいるが、口元が笑っている。

「楽しみにしております」

さらに抑えた声で、神尾がささやいた。

「うむ、では」

乗祐は咳払いを一つ落とすと、歩き出した。

身を端に寄せた神尾は、小さく礼をして、それを見送る。

乗祐が角を曲がると、神尾も身を翻して、御殿勘定所へと戻って行った。

加門もそっと廊下を離れる。

なるほど、神尾らしい……。そうつぶやきつつ、加門はまた廊下から離れて、行き交う人々を眺めた。

あ、と加門は目を見開いた。

松の廊下を歩いて来たのは意次だ。

歩み寄っていくと、意次も気がつき、足を止める。その口が動いた。音にはなっていないが、目顔で中奥を示す。

部屋で会おう、とその意を読み取って、加門は頷いた。

部屋で待っていると、しばらくして意次がやって来た。

「大丈夫なのか」

加門の問いに、意次はすとんと腰を下ろして息を吐いた。

「ああ、上様は大奥に行かれている。こちらもすべきことはすんだ」

「ここしばらく、忙しそうだったではないか」

うむ、と意次は身を加門に寄せると小声になった。

「実はな、上様があるご決断をなさったのだ」

「ご決断……」

「ああ」と、意次が加門の耳に口を寄せた。


数日後。

加門は再び城表が眺め渡せる庭に立った。

大広間に重臣らが入っていく。

やがて松平和泉守乗祐も現れ、その中へと姿を消した。

加門は大広間の横にそっと近づいた。

中から将軍の下命を読み上げる大岡忠光の声が聞こえてくる。

先日、意次から聞いたとおりのことを、申し渡しているのがわかった。

中はしんとしている。

やがて、声が止《や》んだ。

将軍と御側衆が退出して行くのが察せられる。と、まもなく大広間から衣擦れの音が波のように響き、それに足音が加わった。

足音ともに、人々が出て来る。

小声で言い交わす者もいれば、黙って戻って行く者もいる。

最後に出て来たのは乗祐だった。

呆然とした眼で、足の運びがおぼつかない。一瞬、よろめいて柱に手をつくと、やがて気を取り直したように歩き出した。

加門もその場を離れ、中奥へと向かう。

詰所に戻ると、そこにいた高橋与三郎が顔を上げた。

「どうであった、御下命はあったか」

「はい、佐倉藩主の松平和泉守が一万石を減封の上、山形藩《やまがたはん》に国替えとなりました。そして、山形藩主の堀田正亮《ほったまさすけ》様が十万石で老中在職のまま佐倉藩主となられました」

「佐倉と山形の国替えか……」高橋が腕を組む。

「和泉守の芽は摘《つ》まれた、というわけだな」

加門は黙って頷いた。


味噌汁の湯気を吸い込むと、その熱さに加門はふうと息を吹きかけた。

「今日のあさりは大きいでしょう」

母の光代《みつよ》がにこにこと皆を見る。

「うむ、身が太っている」

父の友右衛門が箸で身を取ると、目の前に掲げた。

千秋は小鉢を差すと、向かいの加門に、

「よいあさりだったので、佃煮《つくだに》も作ったのです。いかがです」

身を乗り出す。

「ああ、これか……うん、生姜《しょうが》がきいていてうまい」

加門の微笑みに、千秋は笑みを返した。

箸を進めるなか、千秋が加門を見つめた。

「加門様、今日、井戸端で聞いたのですけれど……」

こほん、と咳でそれを遮って、光代が横の千秋を見る。

「千秋さん、お城の話をしてはいけません」

千秋は肩をすくめると、

「はい、すみません」

上目で加門を見る。

「千秋、飯のおかわりを頼む」

加門は取り繕《つくろ》うように飯茶碗を差し出し、千秋も「はい」とそれを受け取る。

「うむ、この佃煮はうまいぞ」

父も常より声を高め、千秋は目顔で礼を言った。

自分の布団を延べながら、千秋はすでに仰向けになっている加門を見た。

「すみません、母上に叱られてしまいました。うちではいつも兄がお城の話をしていたので」

「ああ、清之介《せいのすけ》らしいな」

千秋の兄清之介は、御庭番のくせに何かにつけて軽いところがあり、それが口にも及んでいる。しかし、そうして話を聞いていたからこそ、千秋は城中のことなどに関心を持つようになったのだろう、と加門は千秋を見上げて身体を横向きにした。

「で、なにを聞いたんだ」

「はい」千秋は加門に向き、敷き布団の上で正座する。

「佐倉藩の松平和泉守様が、一万石減封の上、山形藩にお国替えになったと。なれど、父君の亡き乗邑様は、罷免隠居の御処分をすでに受けられたのでしょう。その跡継ぎまで御処分を受けるとは、どういうことなのかと、お聞きしたかったのです」

「そのことか」加門は、仰向けに身体を戻す。

「大義名分はあるんだ。去年……一月に乗邑殿はまだ将軍であられた大御所様から一万石の御加増を受けたであろう。年貢の増収がうまく進んだため、それを評価してのことだ」

「はい、乗邑様はそれで七万石になられたのですよね」

「ああ。だが、その後の四月に、厄介《やっかい》なことが起きた」

「京の都に、数多くのお百姓が訴えのために上ったことですか」

「知っていたか」加門は苦笑する。

「そうだ、西国《さいごく》の河内《かわち》の村々から一万人以上の百姓が、左大臣らの屋敷に押しかけたらしい。年貢が重すぎて、とても払えるものではない、言うとおりに納めたら皆が飢え死にしてしまうと、それを天主様に訴えたいということだったらしい。だが、話を聞いてもらうことさえできず、無駄足に終わった」

「聞いてももらえなかったのですか」

「ああ、百姓衆も筋を通し、はじめは京都町奉行所や京都代官所など、御公儀の役所に出向いたらしいが、相手にされずじまい……あらゆる先に当たったようだが、どこも無駄骨だったと聞いている。役所は御公儀の命《めい》に従って動いているのだから、それは道理なのだがな」

「はい……それでお公家《くげ》様の所へ行ったのですか」

「うむ、四月が無駄骨に終わり、また七月にも都に上ったと聞いている。そのときにも朝廷の重臣らの屋敷に押しかけたようだが、相手にされなかったそうだ。まあ、それは無理もないんだがな、なにしろ、年貢の高を決めているのは御公儀であって、公家ではないからな」

「はい、税のことは、当時、勝手掛《かってがかり》であられた乗邑様が仕切っておられたのですよね」

「そうだ。その片腕となって働いていたのが勘定奉行の神尾春央、かの有名なお方だ、知っているだろう」

「ええ、胡麻《ごま》の油と百姓は絞れば絞るだけ取れるものなり、とおっしゃったお方ですよね」

鼻をふくらませて顔を上げる千秋に、加門は笑いを洩らす。

「ああ、それよ……その神尾殿がな、騒動の前年、西のほうの諸国を巡って、いろいろと調べ上げたのだ。で、もっと年貢を取り立てる方法を思いついた。そして、それを実行し、御公儀の税収は六万石も増えた。ということは……」

「取り立てられるほうは困窮する、と」

鼻で息を吐く千秋に、加門は頷く。

「神尾殿はその功で五百石の御加増を得たのだがな」

まあ、と千秋は膝の上で手を合わせる。

「なれど、京の都でそのような騒ぎを起こされたら、御公儀の面目《めんぼく》が傷つくのではないですか」

きっぱりと言う千秋の顔を、加門は見上げた。千秋はやはり話し甲斐《がい》がある、と加門は微笑む。

「そうだ、京ではさぞかし江戸が悪し様《あざま》に言われただろうな。乗邑殿の罷免もその失態が理由、と受け入れた人々は多かったろう」

加門は天井を見上げた。西に行ったことはないが、以前、見た地図が思い浮かぶ。六万石の増収と引き替えに、失ったものがなければいいが……。目蓋《まぶた》を閉じると、人々の不満の顔が想像できた。

「だが、相変わらず一揆や強訴は多い」

目蓋とともに、口も重くなってくる。

「わかりました」千秋の声が上から落ちた。

「それゆえに、乗邑様の跡を継がれた和泉守様にも、処分がなされたということですね。西国の方々に処分が伝われば、少しは落ち着くやもしれません……いえ、それが大義名分ということ……」

加門の耳に千秋の声が遠くなっていく。

「加門様」

微かな声だ。

「まあ、お休みですのね」

身体にそっと夜着をかけられたのが感じられた。

五

中奥の廊下で、加門は突然、走り出した。

意次、と口に出しそうになって、慌てて噤《つぐ》む。

角を曲がったうしろ姿に追いつき、

「田沼様」

と呼びかけた。

「む」と、振り向いた意次が目を丸くする。

「なんだ、加門か、誰かと思ったぞ」

そう笑う意次に、加門は片目を細めて周りを示す。行き交う人がちらりと見て、通り過ぎる。将軍の御側衆のなかでも特に信の篤《あつ》い意次には、近寄ろうとする者が多い。人々がその機会を狙い耳目《じもく》を寄せているのを、加門は感じ取っていた。

廊下の隅に寄って、二人は歩き出した。

「上様のごようすは」

加門の小声に意次も同じように返す。

「うむ、御機嫌はだいぶ戻られた。佐倉藩の件がすんだので、少しは気も晴れたようにお見受けしている」

「そうか、それはなにより」

御側衆の気も休まるはずだ、と加門が目元を弛める。

「それゆえ」意次は加門の意を汲んで頷く。

「近頃は御政道に熱心に取り組んでおられる。昨日も老中の堀田様をお呼びになってな……もしかしたら……」

言いかけた意次に、小姓見習いが寄って来た。

「田沼様、上様がお呼びです」

「あいわかった」

意次が踵を返す。

またな、と意次が目で語り、加門もそれに目顔を返して、背中を向けた。

もしかしたら、なんだ……。加門は腕を組んで御庭番の詰所に戻る。

詰所では、清之介が胸元を開けて団扇《うちわ》の音を立てていた。ぽかんと口も開けている。

兄妹なのに、千秋とはまったく似ていないな……。加門は苦笑しながら、その横に座った。

「暑いな」

「ああ、七月だ、まだしばらくは暑かろう」

清之介は襟を引っ張って、風を送る。

加門は笑いながら、廊下へと顔を向けた。足音がやって来る。

それが、半分開けられていた襖から入って来た。高橋与三郎だ。

「おう、加門、いたか。ちょうどいい、そなた今晩、酉《とり》の刻（六時）過ぎにわたしの屋敷に来てくれ」

「はい」

領く加門の横から、清之介が身を乗り出す。

「あの、わたしは」

「そなたはよい。そなたは今言うたこと、外で見廻りをしている西村《にしむら》殿と中村《なかむら》殿に伝えてきてくれ。わたしは一足先に下城する」

「わかりました」

領く若い二人に背を向けて、高橋は出て行く。

「おっと、では、わたしは探しに行かねば」

あとを追う清之介のうしろ姿を見ながら、加門は「さあて」と腹に力を込めた。

高橋の屋敷は、御庭番御用屋敷十七家の中のちょうど中ほどにある。小さな庭には、さまざまな草木が植えられている。

酉の刻過ぎに加門は、その庭を通って縁側にまわった。集まりのときには、いつもここから部屋へと上がる。

すでに端座していた高橋与三郎は、一人ひとり、入って来る者に目礼をして、皆が揃うのを黙って待った。

六人の御庭番が集まると、その口を開いた。

「今日、老中堀田様を通して、上様の御下命を頂戴した。皆も、各地で百姓衆の一揆や強訴、逃散が続いているのは知っておろう。昨年、勘定所が新たな税制を敷いたことで、年貢の徴税が厳しくなっているためだ。西国で実施したところ税収が上がったため、その税制をさらに広めようと、勘定所は動いている。しかし、一揆などの動勢を見ていると、それが果たしてよい方向であるのかと、上様が御懸念されているということだ」

皆が隣の者と顔を見合わせて、納得したように目で頷く。

「そこでだ」高橋は順に六人を見渡した。

「二人ずつ、村のようすを探って来てほしい。二人一組になるのが決まりだ。

御庭番が遠方に行くときには、二人一組になるのが決まりだ。

高橋は懐からたたんだ書き付けを取り出すと、差し出した。

「ここに行く先の村が記してある。野尻《のじり》殿は西村殿と組んでここに、倉地《くらち》殿は中村殿とここに、そして宮地殿は吉川《よしかわ》殿とともに、ここに行ってほしい」

それぞれが書き付けを受け取り、それを開く。高橋は加門を見た。

「加門はしばしば上様のお呼びがかかる身ゆえ、一番近い村にしてある」

「はっ」

加門は書き付けを開いて読むと、ちょうど隣に座っていた吉川栄次郎《えいじろう》にも見せた。

「実はな」高橋が皆に顔を巡らせる。

「昨年、西国で騒動があったことは、皆、知っておろう。わたしは上様、今の大御所様の命《めい》を受け、川村《かわむら》殿と組んで視察に行ったのだ」

そうだったのか、と加門は得心する。その二人をしばらく見ない時期があったためだ。御庭番は役目を仲間にも秘するため、誰がなにをしているのか、ほとんど知ることはない。

「京で探索したところ、こちらに伝わってきたよりも、騒動は大きかった。集まった百姓衆は一万三千人を超えていたのだ」

「それはすごい」

栄次郎のつぶやきに、高橋は頷く。

「そうだ、村々にも赴《おもむ》いたが、百姓衆の暮らしは追い詰められていた。娘らは皆、京や大坂《おおさか》の遊郭《ゆうかく》に売られていた、いや、娘ばかりか幼子《おさなご》まで、身売りされていたのだ」

六人の真剣な眼差しで見つめられ、高橋は口元を引き締める。

「新しく実施された徴税法は有毛検見法《ありげけみほう》といって、かつての方法よりも収益を大きく増やしている。ゆえに、すでに西国のみならず、関八州などの直領でも実施されている。皆に行ってもらう村は、それが導入されている村だ。代官の評判が悪いところもある、多くの逃散が起きている村もある。が、なかには逃散があったらしいという噂だけで、報告は上がっていない村もある」

高橋が加門を見る。加門は手にした書き付けに目を落とし、これがその村なのだな、と察した。高橋が目でそれを肯《がえ》んじた。

「悪い報告がない、という場合は二つのことが考えられる。一つは、真実、悪い事態が起きていない、という場合だ。そしてもう一方は、悪いことが隠されている、という状況だ。悪いことが多すぎて上に知られたくない、あるいは手を打つ気がないゆえにひた隠す。そうなれば、その実相は誰にも知られずに放置される。それが続けば、百姓衆の不満はやがて噴出することになろう。そうなってからでは遅いのだ」

　六人は小さく頷く。

「有毛検見法を実施なさったのは勘定奉行の神尾春央様だ。神尾様はこの先、この方法をさらに広めようとなさっている。上様はそれを御懸念あそばされ、我らに探索を命じたのだ」

　高橋は一人ひとりを順に見て、

「役目はわかったな」

と、その大きな声に、

「はい」

　六人の声も大きく重なった。

「うむ、では各々《おのおの》、用意を整えてくれ。できれば数日内に出立をするように。頼んだぞ」

　はい、と六人は腰を上げた。

「加門、こちらへ」

母の光代が針を持つ手を止めて、息子を呼んだ。

母は手にしていた着物を持ち上げ、襟を示す。

「ここに一朱金を五枚、入れておきますからね、要《い》りようになったらお使いなさい。この糸を切れば、すぐに取り出せます」

「はい、ありがとうございます」

その背後から、父の友右衛門も呼ぶ。

「加門、こっちも見ろ」

手にした箱を持ち上げて底の板を取ると、にっと笑った。

「そら、底を二重にしたぞ。中にいろいろと隠せる」

「ああ、これはいい。医術用の刃物が入れられます」

加門は箱を手にすると、横に縦にとまわしてみる。

「父上、できました」

廊下から入って来た千秋は、手にした笊《ざる》を畳に置いた。笊には大豆《だいず》がぎっしりと並び、湯気を立てている。それを示しながら、千秋は友右衛門を見上げた。

「炒《い》り豆、これでよろしいでしょうか。言われたとおり、強めに火を通しましたけれど、これは全部、お持ちいただくのがよいのでしょうか」

　ふむ、と父は息子を見る。

「何日くらいになりそうだ」

「そうですね、半月もしくはそれ以上、かと」

「まあ」千秋が背を伸ばす。

「そんなにですか」

　そう言ってすぐに、慌てて口を押さえて母を見た。

「すみません、お役目のことを」

　母は針を持つ手を下ろすと、ふっと目元を弛めた。

「よい、そのくらいのことは口にしてもかまいません。思うたことを胸に納めておくのはよくありませんから」

　ほっと手を下ろす千秋に、光代が膝行して近寄った。

「これは、ある……お嫁様に聞いたのですけれど、そのお人はずっとお姑様《しゅうとめさま》の世話をしていたのです。お姑様は気性の強《こわ》いお方で、いつも叱られてばかりだったそうですが、お嫁様はおとなしいお人柄ですから、我慢をなさっていたそうよ。そのうちにお姑様が寝付かれるようになって、ますますお世話が大変になったの」

聞いている加門と友右衛門はちらりと目を交わした。御庭番十七家は、御用屋敷の外と交わることはほとんどないため、光代が親しくしているある家の話だと察しがつく。が、黙って聞き入った。

「寝付いたお人の世話は大変でしょう。そのお嫁様は、そのうちにお姑様のことが嫌いで憎くなってしまったんですって。いえ、本当ははじめから好きではなかったんですよ、見ていてわかりましたから。でね、お嫁様はある日、大声で叱りつけるお姑様に我慢ができなくなって、ついに手を上げてしまったんですって。腕を思い切りつねったって、言っていたわ」

皆、目を見開く。

「いえ、わたくしはわかりますよ」光代は胸を張る。

「なれど、そのお嫁様は己のしたことを悔《く》いて、泣いていたのです。これはね、相手に申し訳ないというよりも、そういうことをする己が嫌になるのです。わたくしはようくわかります」

加門は父を横目で見ながら、幼い頃には祖母が共に暮らしていたことを思い出していた。父は眉を寄せて、咳払いをしている。

「ですから」光代はさらに胸を張った。

「わたくしはそのお嫁様に言うたのです。不満があるならば、はっきり言うておやりなさい、と」

　まあ、と千秋が手を合わせるのを見て、光代が頷く。

「お嫁様はそういうお人ですから、すぐには言いませんでしたよ。なれど、ある日、我慢がきかなくなったのでしょう、大声が出たそうです。こんなに懸命にお仕えしているのに叱られたら、もう続かない、出て行きます、とね。涙がぼろぼろと流れたそうですよ」

　加門は千秋を盗み見る。おそらく千秋は、それほどの我慢はしないだろう、と思うと笑いそうになり、慌てて抑えた。

「そのあとはね」光代は家族の顔を見渡す。

「お嫁様はすっきりしたそうです。お姑様のお人柄は変わりませんでしたけど、もう我慢せずに、腹が立ったら言うようにしたんですって。そうしたら、嫌いも憎いも薄らいだそうです」

　光代が顔を上げる。

「お城のことは口にしてはいけませんけど、そのほかのことは言うてよいのです。いえ、むしろ言いたいことがあれば、ため込む前に口に出すこと。この先、我が家はそうしてまいりましょう」

うむ、と父が頷く。

「そうさな、そのほうが気持ちがいい」

「はい、わたくしも」千秋は手を打つと、加門に向いた。

「なれば、さっそく……加門様、宿場の女《おなご》にはお気をつけくださいませね」

「馬鹿な」むせそうになって、加門は咳を払う。

「言われるまでもない」

まあ、と千秋は胸に手を当てた。

「本当に……口に出してすっきりしました」

はは、と友右衛門が笑いを放つ。

「案ずることはない、そもそも御庭番は身の不埒《ふらち》を禁じられているのだ。油断や隙を生むようなことはしてはならんのでな」

「あら」千秋が首を傾げる。

「禁じるということは、禁じなければしてしまうから、なのでは……よほど強い意志を持てということなのでしょうから、よけいに案じてしまうのです」

ほほほ、と光代も笑い出す。

「千秋さんの言うとおりですよ。その調子でどんどんお言いなさいな」

加門は息を吸い込むと大きく口を開き、

「わたしは意志が強い」

肩を怒らせて言い放った。

「まあ……はい、これで安心いたしました」

千秋は手を合わせて笑顔になる。

「さあ、出立は明日だろう、ちゃんと支度しろ」

笑顔のまま言う父の言葉に、皆がそれぞれに動き出した。

第三章　隠密行《おんみつこう》

一

江戸を出て、二日目。

甲州街道《こうしゅうかいどう》を西へと歩き続けていた加門は、傍らの栄次郎に声を投げかけた。

「見ろ、富士山《ふじさん》だ」

いつもは遠くに見えていた富士の山が、大きく間近に見える。

被《かぶ》っている笠を持ち上げて、二人は美しい山容を眺めた。町人姿で、それぞれ背には大きな荷物を負っている。その姿は薬の行商人《ぎょうしょうにん》だ。

「さて、行くか」

再び歩き出しながら、加門は栄次郎の足取りを見た。

「脚は痛まないか」

栄次郎は以前、将軍の御落胤《ごらくいん》を名乗る一行を調べるために中山道《なかせんどう》を追尾したことがあった。絵が得意な栄次郎に、一味の人相書きを描く役目が与えられたためだ。が、途中で怪しまれ、襲われた栄次郎は脚を斬られたのだ。それを迎えに行き、手当てをしたのが加門だった。

「ああ、もう大丈夫だ、なんともない」

足を持ち上げて、加門に笑顔を向ける。

「そうか、ならばよかった」

頷く加門に、栄次郎は笑顔のまま言う。

「千秋殿は楽しげに暮らしているな」

栄次郎は千秋を妻にと望み、正式に申し入れたことがある。千秋が断ったために栄次郎はあきらめ、いまだに妻は得ていない。

「ああ」加門は笠の下から栄次郎の横顔を窺う。

「千秋は朗《ほが》らかな質《たち》だからな」

「そうだな」

空を見上げて、栄次郎は微笑む。

もしかしたら、と加門は思った。千秋を巡って栄次郎とわたしにわだかまりがある、と高橋殿は考えたのだろうか。仲間同士の確執《かくしつ》をなくすために、我らを組ませたのかもしれない……。

「すまんな」口を開いたのは、栄次郎だった。

「父から聞いたのだ、我らが組まされたのは、わたしのせいだ」

足早になった栄次郎に、

「む……どういうことだ」

と、加門が追いつく。

栄次郎は前を向いたまま、言葉を続けた。

「そなたはなんでもできるであろう。御庭番の術は多く身につけているし、腕も達者で、機転も利く。医術まで修めた。比べてわたしときたら、人よりもましなのは絵を描くことだけ。それゆえに、そなたと組ませていろいろ学ばせようと、高橋殿はお考えになったらしい」

加門は言葉を探して間合いを取る。

「いや、栄次郎の絵の才は大したものだぞ。それにわたしとて、なんでもできるわけではない。融通《ゆうづう》の利《き》かないこともあるしな、そうだ、迷いも多い」

「そうなのか」

栄次郎がやっと加門を見た。

「ああ、そうだ。医術を学んだのに人を傷つける、ということにいつも迷いを覚える。ときには、それが隙を生んでしまう」

「ふうむ、そういう迷いか……わたしの迷いはもっと悪い。御庭番に向いていないのではないか、といつも考えている。別の家に生まれておれば、これほど迷わなくともすんだのではないか、とな」

笠の下の面持ちは見えないが、声がくぐもった。

そうか、と加門の声も低くなる。

「確かに、栄次郎が絵師の家に生まれていたら、その才を存分に発揮できたであろうな。すごい絵師になったかもしれん」

「ああ」失笑混じりに、栄次郎が頷く。

「そう思うこともある。が、考えても詮無《せんな》いこと。人は生まれる家を選べないのだから、しかたがない」

加門は黙り込んだ。もしも、自分が医者の家に生まれたら、人を斬ることへの迷いなど、味わわずにすんだろうな……。

栄次郎は苦笑を漏らす。

「父上など、最近はわたしに見切りを付けたようで、早く子を持て、と言うてくる。孫に家を託したいのだろう、わたしはすでに繋《つな》ぎのようなものよ」

吐き捨てるような笑いに、加門も「そうか」と乾いた笑いで返す。

やがて二人の声が止み、息切れに変わった。

道は急な上り坂になり、目の先は山になった。


小仏《こぼとけ》峠《とうげ》を越えて、二人は下り坂を踏みしめていた。

麓の村が見えている。

緩やかになってきた道で、加門は笠の下から左の林に目をやった。

熊笹《くまざさ》の茂みが揺れている。

加門はそっと栄次郎に身を寄せ、

「わかるか」と、ささやいた。

「熊か」そう身をすくませる栄次郎に、

「見るな、人だ」と加門は続けた。

茂みを踏む音がする。

一人ではない。一、二、三、と数えて、加門は栄次郎を右側へと押しやった。

「下がれ」

そう言って背の荷物を栄次郎に投げ渡すと、加門は仁王立《におうだ》ちになった。

茂みが割れ、男達が飛び出してくる。

三人の男はそれぞれに鎌《かま》や斧《おの》を手にして、加門に向き合う。

「金と荷物を置いていけ」

乱れた鬢《びん》と髷を揺らしながら、三人はじりじりと寄って来る。

「おとなしく渡さねえと、命までなくすぞ」

鎌を持った男がそれをぶんぶんと振る。

「これは渡せねえ、勘弁してくだせえ」

町人らしく腰を曲げて、加門は三人に手を合わせる。

「へん、いい着物を着てるな」

斧を握った男が歪んだ笑いを見せる。

「おい、うしろのやつ」

もう一人の男が懐から匕首《あいくち》を取り出すと、白刃を掲げた。

「荷物を置いて、とっとと行きな」

栄次郎も町人らしく背中を丸め、

「お許しを、これをなくしたら商売ができねえんで」

と返す。

「へっ、商売《しょうべえ》がなんだ」

斧を握った男が躍り出た。

加門は横に跳ぶと、男の腕を蹴り上げる。手にした斧が、飛んだ。

素早くそれをつかむと、加門は斧を前に掲げた。

腕を押さえた男を、鎌を持った男が蹴ってどかす。

「ちっ、この馬鹿」

唾を吐きながら、鎌を振り上げて突っ込んで来る。

加門は斧をうしろにまわすと、大きく振って、その鎌の柄を打った。柄が割れ、鎌の刃が吹っ飛んでいく。

手ぶらになったその男の頭上に、加門は斧を振り上げる。

「わわわ、待ってくれ」

手を上げる男の前に、匕首を持った男が飛び出した。

「てめえっ」

加門は再び足をまわし、その手首を蹴り上げた。落ちた匕首を、下ろした足で蹴り飛ばす。

武器を失った男達は、腰を引く。

加門は斧を肩に担ぐと、一歩前に出た。

「追《お》い剝《は》ぎなどやっていれば、そのうち命をなくすぞ」

「う、うるせえ」

男達は手を上げながらも後ずさる。

「怪我をすれば、まともな仕事ができなくなる。今のうちに、別の道を探したほうがいい。さもなければ……」

加門は斧を振り上げる。

「うわぁっ」

男達は背を向けると、転げるように走り出した。

姿が見えなくなると、加門は息を吐いて振り向いた。

荷物を抱えた栄次郎は、そこに立ったままだ。

加門は蹴り飛ばした匕首を拾い、手拭いで巻いた。

「これを持っているといい。この先もなにがあるかわからん」

栄次郎はそれを受け取って、懐にしまった。

荷を背負い直した加門が、よし、と歩き出すと、栄次郎も慌てて横に並んだ。

「追い剝ぎが出るとはな」

「ああ、あれは元は百姓だ。手が節くれ立っていた」

「そうなのか」

「うむ、逃散してよその土地から流れてきたのだろう。農地を捨てて逃げ出したものの、食うに困って追い剝ぎや盗人《ぬすっと》になる者は少なくないらしいからな」

「なんとも……」栄次郎は首を振る。

「どこに生まれても大変なのだな」

「ああ、貧しい土地では子の間引きや姥捨《うばす》ても行われてるというからな……それに比べれば、我らの迷いなど、塵《ちり》のようなものだ」

加門が笠をくいと持ち上げて、笑顔を向けた。が、栄次郎はまた首を振る。

「人から見れば塵でも、当人にとってはどかせぬ岩と同じ……厄介なものだ」

加門は笑みを消し、前に手を上げる。

「さあ、またあやつらに遭ってはかなわなん。今日中に行けるところまで行こう」

坂を勢いよく蹴った。

二

朝早くに宿を出て、二人はまた街道を歩き出した。

山道はやがて、溪谷《けいこく》に当たった。巧みに組んだ木の橋を渡りながら、栄次郎は深い谷間を覗き込む。

「おう、水が澄んできれいだ」

「この猿橋《さるはし》を渡ってしばらく行ったら、街道からそれる。その先が目指す梨木村《なしきむら》だ」

「そうなのか」栄次郎は顔を上げて、周囲の木々や伸びる谷を見渡す。

「しかし、いい景色だ、絵にしたいくらいだな」

眼を細める栄次郎を橋の上に残し、加門はゆっくりと先を行った。頭上で揺れる枝のあいだから光が降って揺れるのを、加門も眼を細めて見上げていた。

山道は下りになり、小さな集落が右に左に見えはじめた。

二人は脇道に入り、さらに下って行く道を進んだ。

「なあ」栄次郎が横に並ぶ。

「わたしは税のことはよくわからないのだが、高橋殿が言っておられた有毛検見法というのは、どんな徴税法なんだ」

「ああ、あれか……定免法《じようめんほう》は知っているだろう」

「うむ、三年や五年という平均の石高から一定の年貢を決めるやり方であろう」

「そうだ、それは享保《きようほう》の頃に考え出された方法でな、老中であった松平乗邑公が、実施したのだ。その方法でも、ずいぶんと税収が増えたんだ。まあ、納める側の百姓衆にとっては、年貢が増えて不満になったわけだが」

「その頃から、一揆だの強訴が起こりはじめたんだろう、それくらいはわたしもわかっているぞ」

「そうだ。だが、それでもまだ御公儀にとっては充分ではなかった。なにしろ、今の大御所様が将軍になられたときには、すでに財政難に陥《おちい》っていたそうだからな」

「ふうむ、それで倹約令《けんやくれい》などを出されたわけだな」

「ああ、一朝一夕《いっちょういっせき》に改善するものでない」

加門は遥かに広がる里を見渡す。

「それで、さらに税収を増やそうと、考えられたのだろう。勝手掛になった乗邑公は、神尾春央を勘定奉行にして片腕とし、新たな策を練った」

加門は遠くに見える田畑を指で示す。

「田は等級を上中下に分けて、税の率を決めていた。それに畑もだ。百姓衆は米を年貢で納めてしまうから、畑でやっと稼ぎが出る、というのが実状らしい」

「ふうむ、大変だな」

「ああ、だが、その畑に目を付けたのが、神尾春央殿ということだ。去年、西の国々をまわって、確信を得たのだろう。西では綿花の畑が多く作られているそうだ。そして、それは収益が多い」

「綿か、着物にも布団にも欠かせないものな」

「ああ、それで新しく税をかけることにしたんだ。まず、田畑の等級をなくした。そして、平均から割り出すのではなく、実際に穫れる量を調べ、そこから税率を決める。さらに検見を行って、これまで知られていなかった畑をとことん調べ上げたらしい。田んぼも同様に調べてな。そして、これまでよりもさらに高い年貢をかけた、というわけだ」

へええ、と栄次郎は身を反らした。

「とことん絞れるだけ絞る、ということか。さすが神尾春央だ」

平然と呼び捨てにする栄次郎に、加門は苦笑を浮かべつつ、つられた。

「ああ、だから西国で大騒動になったわけだが、神尾春央はそれを聞いても、まったく動じなかったそうだぞ。天下の法に従わぬ者は、たとえ七千人でも五千人でも、死罪以下に処せよ、と公言したそうだ」

「はぁ……それは、考えようによっては大したものだ。鍬《くわ》を持つ者は、人に見えぬのだろうな」

「そういうことだろう、役人の中には人を数としてしか見ぬ者もいるからな」

苦笑する加門の顔を、栄次郎は覗き込む。

「しかしそなた、やはりなんでもくわしいな。父からはよく宮地家の加門を見習え、と言われるのだが、それは不思議と腹が立たんのだ。そなたが勤勉なのを知っているからだな。清之介と比べられると、めっぽう腹が立つのにな」

ははは、と笑う栄次郎に、加門もつられた。が、腹の内では首を振る。税についての知識は意次から得たものだ。勤勉なのは意次だ……。そう、独りごちる。

坂を下りると目の先が大きく開け、村が見えてきた。

加門は荷物を下ろすと、中から細長い竹を取り出した。

「どうするんだ」

覗き込む栄次郎に、加門はつなげた竹とそれに括《くく》りつけた布を見せた。くすり、と書いた小さな幟《のぼり》だ。

それを荷物に差すと、また背負い直す。

「ほう、立派な薬屋だな」

「ああ、村ではわたしは加右衛門《かえもん》と名乗る。そなたはどうする」

「ううむ、そうだな……では栄吉《えいきち》にしよう」

「わかった、それじゃ、栄吉、行くぜ」

「おう」

二人は再び歩き出した。


広い田畑に囲まれた細い道を、二人が歩く。

農作業をしている男や女が、遠巻きながら、こちらを見ているのが察せられた。

「くすりぃ〜」

と、加門は声を張り上げ、栄次郎もそれに続く。

道の左に見えてきた門のある屋敷の前では、加門は立ち止まってさらに声を大きくした。半分開いた門の内を覗くと、屋敷からも人が覗いているのが見てとれた。

「庄屋だな」

加門は栄次郎につぶやいて、また歩き出す。

村の北側には風よけらしい林があり、小さな社《やしろ》も見える。

しばらく行くと、今度は寺に行き当たった。

石段を登ってお堂を見るが、締め切られていて人気《ひとけ》はない。

「坊さんはいないようだな」

「ああ、寂《さび》れているな」

踵を返して階段を下りると、下に四人の子供が待ち構えていた。

「やあ、村の子かい」

加門の問いには答えずに、二人をじろじろ見上げながら、あとを付いて来る。

「どっから来た」

男の子の問いに、

「江戸だよ、日本橋だ」

加門がにこりと笑って答えると、子供達もやっとその顔をほころばせた。

「江戸だってよ」

「日本橋だってよ」

そうはしゃぎながら、前にうしろにと、走りまわる。

細い手足を見ながら、加門は男の子にまた笑顔を向けた。

「坊はいくつだ、なんて名だい」

「おれは六つだ、豊吉《とよきち》ってんだ」

「へえ、豊吉か」栄次郎が言う。

「おれは栄吉っていうんだぜ」

「へえ、栄吉か、似てるな」豊吉はうしろの少女の髪を引っ張る。

「おきねは四つだ、妹だ」

加門は見比べながら、小さいな、と胸中でつぶやく。背も低いし手足も細い。

「こうれ」

畑から大人声が呼び、子供達は戻って行く。

「偵察に寄越したな」

加門のつぶやきに、栄次郎があっと目を見開く。

「そういうことか」

「田舎の人らはよそ者を嫌うからな、いや、嫌うというよりも警戒するんだろうな」

加門はそう答えながら、大きな木の下へと寄って行った。

「ここで休もう」

そう言うと、薬と書いた幟《のぼり》が差さった荷物を、見えやすい場所に置いた。

涼しい木陰で、栄次郎も手足を伸ばす。

「のどかな村じゃないか」といいつつ、背筋を伸ばす。

「で、なにを探ればいいんだ」

あっけらかんとした栄次郎の表情に、加門は一瞬声を詰まらせ、気を取り直してから遠くを指で差した。

「ずっと先の石和《いさわ》に代官所があり、この地方はその支配下だ。だが、もう少し手前に出先の陣屋《じんや》があり、実際に管理しているのはその陣屋だ」

加門は上げた手を右側にまわした。

「そら、あそこに農家が見えるだろう。暑いのに戸も窓も閉められていて、人気《ひとけ》がない。周囲も草ぼうぼうだ」

栄次郎は首を伸ばして、本当だ、とつぶやく。

「逃散か」

「ああ、おそらくそうだろう。来る途中、ほかにも同じような家があった。だが、この村はそうした問題が起きていると、上に届いていない。代官所がおさえているのか、そもそも伝わっていないのか。だとしたら、陣屋はどうなっているのか」

「なるほど」

「ここは有毛検見法が実施されている土地だ。もしも、うまくいっていないとしたら、それを隠すため、ということも考えられる」

「そうか、わかったぞ」

栄次郎が手を打つのを見ながら、加門は苦笑混じりに頷いた。と、その顔を横に向ける。人が近づいて来るのが見てとれた。

「あのう」間近に来た男が腰を曲げる。

「おらぁ、庄屋さんからの使いで来たんだが、薬がほしいそうで」

「はあ、それは」加門はすぐに立ち上がった。

「どんな薬が御要《おい》り用で……いや、では行きましょう。話を聞かないと、薬の選びようがないんで」

へえ、と男は来た道を戻る。

二人はあとに付いて、先ほど通り過ぎた庄屋の門をくぐった。

庭から案内されると、座敷から白髪《しらが》混じりの男が縁側に出て来た。奥には背中の丸まった老女が座っている。

「日本橋の薬屋だそうだな」

「へい」さっそく伝わっているのか、と思いつつ、加門は荷物を前へとまわした。

「ここに置かしてもらってもようござんすか」

「ああ、おらは庄屋の権左右衛門《ごんざえもん》だ」そう言って振り向くと、

「おっ母さん、こっちへおいでんさい」

老女を手招きする。

のろのろとやって来た老女は、どっこいしょ、と息子の横に座った。

「おっ母さんに薬をほしいんだがね」

権左右衛門の言葉に、加門は顔色などを窺いながら、荷物を包んだ風呂敷を解く。

「どこがどんな塩梅《あんばい》ですかね」

「ああ、腹が張ってなあ」

老女は腹を撫でる。

加門はその目や白い髪を見つめた。

「御刀自様《おとじさま》は御年、おいくつですか」

「お、と……なんだいね、おらぁうめだがね」

「ああ、すみません、おうめさんは今年、何歳になりましたか」

「ああ、七十六さね」

ふうむ、と加門は腹へと手を伸ばす。

「ちょっと触らしてください」

指先でぐっと押しながら、腹全体を確かめていく。

「お通じはありますか」

「はあ……通じは、ええ、五日か六日前だったかねえ」

母の言葉に権左右衛門は身を反らす。

「そうなのかい、おっ母さん」

「はあはあ、おらぁいつだってそうだいね」

加門は手を戻すと、薬箱の引き出しを開けて紙の包みを取り出した。

「それなら、これを煎じて、夜、寝る前に服《の》んでください。おうめさんはお通じが滞《とどこお》っているせいでお腹が張っているんです。必ず、晩のご飯がすんだあとしばらくしてから、寝る前に服《の》んでくださいよ、それと、他の人は決して服まないように、気をつけてください」

権左右衛門はその包みを受け取る。

「わかった、いくらだ」

「へえ、二百文で」

二百、とつぶやきながら、権左右衛門は懐から巾着袋を取り出した。

加門は銭を受け取ると、権左右衛門に愛想笑いを向け、

「この村に宿はありますか」

と、問うた。

「宿……宿場じゃねえんだ、そんなものはねえな」

権左右衛門は頭を振りながら、二人の姿を改めて眺める。栄次郎はにっこりと笑って会釈をする。権左右衛門は顔を横に向けた。

「行商人は勝手にお寺のお堂に泊まっていくな。お寺の坊さんはずいぶん前に死んで、今は誰もいねえだで」

そう言いながら立ち上がる権左右衛門に、加門は頭を下げる。

「どうも、ありがとうございやした」

荷を背負い直す加門に、権左右衛門はぼそりと言う。

「水は近くに小川が流れてる」

加門と栄次郎はぺこりと頭を下げ、屋敷を出た。

待ち構えていたように、子供らが飛び出して来る。

「くすりぃ〜」

と、口々に囃《はや》しながら、あとを付いてくる。

寺に行き着くと、子らは止まり、

「化け寺だー」

「お化けが出るぞー」

そう言って、戻って行った。

三

先に起きた加門は、半開きにしておいたお堂の戸を大きく開いた。朝日が奥まで射し込み、栄次郎も目を覚ます。

加門は汲んできた水を木の椀に注いで、栄次郎に差し出すと、皿に炒り豆を盛った。椀も皿も、寺にあった物だ。

栄次郎も干《ほ》し飯《いい》を皿に空けると、ふっと息を洩らす。

「こんな物ばかりでは腹がもたんな」

「ああ、今日はどこかで野菜を分けてもらおう」

ポリポリと音を立てていると、外から声が上がった。

「薬屋さん、おるかね」

はい、と加門が返事をすると、男が堂内に上がって来た。

「ああ、朝飯かね、ならちょうどいい」男は手にしていた経木《きょうぎ》の包みを差し出す。

「粟餅《あわもち》だ、食ってくれ」

「やあ、これはありがたい、頂戴します」

受け取った加門は、黄色い粟餅を栄次郎とともにかぶりつく。

それを見ながら、男は正座をしてかしこまった。

「そんなもんしかねえだ。おらの家には銭がねえ」

加門は口を動かしながら、男を見る。男は思い切ったように身を乗り出した。

「その粟餅で、薬をもらえないだろか」

加門は餅を呑み込むと、男に向き合った。

「どういう薬がほしいんで」

「女房が……女房のおよねが子を産んだあと、寝付いちまって……」

「ふうむ、それはようすを見てみないと、どの薬を出せばいいのかわかりませんや。

これから、お宅に行きましょう」

「へっ、いいんですかい」

ええ、と加門は荷物をまとめはじめる。

「けど……銭は払えねえんですぜ」

「はい、今、もらった粟餅でけっこう。これで力が出るってもんです」

にっと笑って、加門は栄次郎に目配せをする。暮らしぶりを知るいい機会だ。栄次郎も目顔で答え、身支度をはじめた。

「そ、そいじゃ、いっしょに」男は立ち上がった。

「あ、おらの家はすぐそこで……屋号は水屋《みずや》、おらは松一《まついち》というもんで」

「はい、では、松一さん、行きましょう」

荷を背負った二人は、松一に続いて道へと出た。

茅葺《かやぶ》きの家に入ると、加門は遠慮もなく上がり込んだ。

薄い布団に寝ていたおよねが慌てて起き上がる。脇には赤子が眠り、枕元には三歳くらいの男の子がいた。

「どれ、舌を出してください」加門はおよねの顔を覗き込み、舌を見た。

「ふうん、お産のあとで血が濁《にご》っているんでしょう、お乳の出はどうですかい」

「いえ、あんまり……」

「飯はちゃんと食べられますか」

「いえ、あんまり……」

俯くおよねに代わって、松一が膝で進み出る。

「米はおら達が食う分はねえし、粟餅だってよほどのことがねえとこさえたりしねえ。いつもは、稗《ひえ》を煮込んで食うのがやっとで」

「へえ、田畑はずいぶんあるみたいですけど」

加門がいかにも物知らずふうに言うと、松一は顔を歪めて振った。

「ああ、あるにはあるんだけども……前はよかったんだけんども」

「へえ、今はだめなんですかい」

「はあ、そら、もう十年以上も前のことだけんど、定免法とやらで年貢が上がったもんで、おら達は新しく田畑を開いたんでさ。そこは年貢をかけられてなかったもんだから、食うもんもとれたし、売れば銭にもなったんだけんど……また、新しい法できて、検見が入って、そっからも年貢を取られるようになっちまったもんで……」

加門は栄次郎と目を交わしながら、口を開く。

「へえ、そいつは大変なことだ。お産のあとは滋養《じよう》をとらなくちゃいけないんだがなあ……それができないとくれば、身体が弱るのも無理はない」

加門は荷を解くと、薬箱から包みを三包取り出した。

「それじゃあ松一さん、これを煎じて、お腹の空いたときを見計らって服ませてください。血をきれいにして、乳の出もよくしますんで」

「へえ」と松一は包みを押し載くようにして、受け取った。

「それと」加門は窓から見える外を指さす。

「はこべがたくさんはえているでしょう、それを洗って干してください。それと、たんぽぽを掘り出して、根を干してください。あと、この辺にはと麦はありますか」

「へえ、村の外れにありやす」

「それはいい。では、はと麦の実もいっしょに煎じてください。それを薬と同じように毎日三回、服ませれば、身体もお乳の出もよくなります」

「へっ、へえ」松一は頭を下げる。

　およねも正座になって手をついた。

「ありがとうごぜえやす」

　加門はちらりと戸口を見た。村人が数人、覗き込んでいる。

「それじゃ」加門が立つと、そのうちの一人が土間に足を入れた。

「あの、薬屋さん、うちも銭はねえんだけんど……来てもらえないだろうかのう、倅《せがれ》が、どうにも……」

「倅……男の子ですか、いいですよ」

加門は栄次郎と頷き合って、男のあとに付いた。とその男が振り向く。

「おらは豊作《ほうさく》……倅は亀吉《かめきち》っつって、五つで……」

「そうですか、あたしは加右衛門、こっちは栄吉です」

加門は頷きながら、豊作の家へと入った。

豊作はすぐに亀吉を抱いて、上がり框《がまち》に連れて来た。

糸のほつれた帯を解いて、亀吉の腹を見せる。

加門は膨らんだ腹に指を当てて、幼子の顔色を見た。

「滋養が足りないと腹が膨らむんですがね……」加門は首を振る。

「それもあるが、これは虫だな、坊、尻が痒《かゆ》くなるだろう」

うん、と亀吉が頷くのを見て、豊作は溜息を吐いた。

「やっぱり、そうか」

「野菜を食べるときにはよく洗わないと、虫の卵がついているんで」

加門の言葉に、豊作がさらに肩を落とす。

「うちで食べさせるときには洗ってるんだけんども、こいつ、腹が減って我慢が利かなくなると畑に行って、勝手にきゅうりだの瓜《うり》だの齧《かじ》っちまうんで」

加門と栄次郎は顔を見合わせる。

加門は薬箱を開けて中から丸薬を出すと、それを豊作に渡す。

「虫下しです。小さい子だから、砕《くだ》いて……いや、あたしがやりましょう」

加門は陶器の鉢と擂《す》り棒《ぼう》で砕き、一つを指でつまんだ。

「この粒を服ませてください。たぶん、それで出るでしょう」

「へえ、へえ、おありがとうごぜえやす」

豊作はさっそく亀吉の口を開けようとする。

「ああ、いや、白湯《さゆ》で」

加門の言葉で女房が白湯を持って来た。半べそを掻《か》きながらも、亀吉は飲み込む。

女房は奥へと立つと、二足の草鞋《わらじ》を持って戻って来た。

「すいません、払える物がないもんで、これで勘弁してくだせえ」

栄次郎はそれを手に取って、掲げた。

「やあ、これはしっかりした草鞋だ、ありがたい」

「ああ、これがあれば、この先、安心だな」

加門も草鞋を両手で叩く。と、その目で戸口を見た。

村人が集まっている。

「薬屋さん」

「うちにも来てくれんかね」

「や、こっちもお願えしてえ」

口々に言いながら、入って来る。

そのとき、背後から大声が上がった。

「きさまら、なにをしておる」

村人が慌てふためいて、身を寄せる。

二つに割れたその間から、武士の姿が見えた。

「こりゃ、御手付《おてつき》様」

豊作が戸口に走り寄ると、皆も深々と腰を曲げた。

手付……と加門は男を見た。代官には数人から十人程度の手付と呼ばれる配下がいる。陣屋にはそのうちの幾人かが配されている、と書き付けに記されていたのを、思い起こす。代官は旗本だが、手付は御家人だ。が、村人にとって、公儀から派遣された役人であることにかわりない。

「このような所に集まって、なんの相談をしていた」

手付の言葉に、皆が身を寄せ合った。

「そ、相談など、とんでもねえ」

「へえ、そんなんじゃ」

「薬屋です、水島《みずしま》様」

水島大五郎《だいごろう》か……。加門は記されていた名と男を重ねた。

「薬屋だと」

水島は中へと入って来ると、加門と栄次郎を見据えた。

「あたしらは江戸の日本橋から参った薬屋でございます」加門が姿勢を正す。

「こちらの子供に薬を出しておりました。他にも薬が御要り用のお人らがいるようで、皆さん、お待ちになっていただけでございます」

水島は引き出しの空いた薬箱を見る。

「ふん、このように辺鄙《へんぴ》な村、どこで知った」

「いやぁ、あたしらは」栄次郎が膝行する。

「道のあるところはどこでも行きますんで。行商というのはそういうもんです」

「へえ、いろんな商いが来ます」豊作も頷く。

「ただ、薬屋は滅多《めった》に来ねえんで、みんな、集まっちまったんで」

「ほう、皆で薬を買いにか。薬は高いぞ、そのような銭、どこに隠しておったのだ」

一歩、足を踏み出した水島に、皆が引く。

「いえ、銭がねえんで、物で勘弁してもらったんで」

「嘘を吐《つ》くな」水島が刀の柄《つか》に手をかける。

「きさまら、どこかに米や粟を隠しているのであろう。白状せねば、斬るぞ」

水島は鯉口を切ると、皆を睨み渡した。

「よいか、法は人より重い、従わぬ者は好きにしてよいと、わたしは勘定奉行の神尾様から言われておる。そなたらは知らぬであろうがな、神尾様は江戸のお城では勝手を差配するお方。わたしは直《じか》にお言葉を頂戴したのだぞ」

水島の胸が反り返る。

なんと……。加門は唾を呑んだ。

「いや、御容赦《ごようしゃ》を、嘘ではありません」

進み出た加門を、水島は見下ろした。

「馬鹿な、薬屋が代金を取らずに、商いができるわけなかろう。いや……まて、なにか企みでもあるのか」

柄を握る手が上がる。

「お待ちください」

外から声が飛び込んで来た。

「水島様、お待ちを」

入って来たのは庄屋の権左衛門だ。

「その薬屋には、あたしから代金を払うことになっているんで」

「なに、そなたが」

「はい、あとであたしが払うので村の衆に薬を分けてやってくれ、と昨日、頼んだんでございやす」

権左衛門が加門に目配せをする。

「真《まこと》か」

こちらを向いて問う水島に、加門は「はい」と手をついた。

「さようで」

ふむ、と手を下ろす水島の横から、権左衛門が進み出た。

「さっ、薬屋さん、うちにおいでなさい」

二人に手招きをしながら、水島に向く。

「この薬屋はまっとうな者……うちのおっ母さんも、昨日、出してもらった薬ですっかりよくなったんで、次の薬を出してもらうことにしたんで」

ふうむ、と口を曲げる水島に会釈をして、加門と栄次郎は土間へと下りた。

水島は二人の頭から足までを舐《な》めるように見て、ふんと、鼻を鳴らした。

権左右衛門は、村人らに向かって外に出るように手を振る。

「さあさあ、皆は仕事に戻れ。薬屋さんはしばらくうちにいるから、要《い》りようだったら、うちに来ればいい」

水島も大きく口を開けた。

「そうだ、さっさと田畑に戻れ。よいか、二度とこのように集まるでないぞ」

村人が背中を丸めて出て行くと、水島もそのあとに続いた。手を伸ばし、外で待っていた中間《ちゅうげん》を「おい、佐助《さすけ》」と呼ぶ。

佐助が笠を渡すと、水島はそれを被って歩き出した。

権左右衛門は外に出て、水島に向かって深々と頭を下げる。

うしろ姿が遠ざかると、権左右衛門は加門と栄次郎に目で頷き、

「さあ、うちへ行きましょう」

そう言って、背筋を伸ばした。

四

権左右衛門の屋敷に着くと、今度は玄関に導かれた。

「おうい、おいね」

呼ばれて出て来た女房に、権左右衛門は二人を示す。

「そら、薬屋さんだ。うちに泊まってもらう、部屋を用意してくれ」

「へえ」おいねは頷きながら、奥へと声を投げる。

「おさき、水桶《みずおけ》をもっておいで」

返事とともに娘が桶を持って現れ、土間に下りて二人の足元にしゃがんだ。洗おうとするその手を加門は止める。

「いや、かまわずに……自分で洗う」

さっさと洗いはじめると、権左右衛門は顎でおさきに奥を示し、

「なら、おまえはおいねを手伝いなさい」

へえ、とおさきは奥へと戻って行く。

洗い終わった桶を栄次郎に譲り、加門は奥を見やった。

「娘さんですかい」

「ああ、いや」権左右衛門は首を振る。

「あれは二年前に、うちに駆け込んで来た娘で。よその村で身売りされ、女衒《ぜげん》につれられて江戸に向かう途中、逃げ出してきたといって、村に戻れば見つかるというんで、うちの奉公人にしてやったんでさ」

「へえ、そりゃ……」

加門に栄次郎が続ける。

「運がいいこった」

「さあ、どうぞ」権左右衛門は二人を奥へと案内する。

「おっ母さん、薬屋さんだよ」

座敷に入ると、おうめが見上げた。

「ああ、こりゃあ」と、加門に手を合わせる。

「おかげで今朝はすっきりして……もう、こんだけ気持ちのいいのは何年振りかのう、いや、おめえさんのおかげだわ」

皺を深めた満面の笑顔に、加門も笑みを返す。

「さあ、楽にしてくれ」

権左右衛門の誘いに、二人も荷を下ろして寛《くつろ》ぐ。

すぐにおいねが水をたたえた茶碗と切った瓜の実を持って来た。

「ほんとにまあ、おっ母さんがこんなに喜んで助かったこと。こんなもんしかないけど、さあ、どうぞ」

権左右衛門が手を上げる。

「加右衛門さんと栄吉さんだ」

おや、と加門は首を傾げる。権左右衛門には名乗っていない。それを察して、権左右衛門は苦笑した。

「ああ、村の者《もん》から聞いたんで。なに、朝、うちの孫七《まごしち》をお寺へ使いに出したら、おめえさんらが松一の家に向かっていたんで、あとを付いて行ってたと。そのあと、豊作の家に行ったそうだね。そいで孫七は松一からいろいろと聞いたそうだ」

ああ、と加門は得心する。覗き込んでいた村人の中に、その孫七がいたのだろう。

「いやぁ、すまんかったな」権左右衛門は口元を歪める。

「こんな不便な村に来たもんで、薬を高く売りつけて儲《もう》けようってえ魂胆《こんたん》だろう、と思ってたんだ、そういうあくどい行商がよく来るんでな。だが、松一も豊作も銭を払わずに薬をもらったっていうんで、考え違いをしてたってことがわかってな、はあ、なんとも」

「ああ、いや、あたしらも餅だの草鞋だの、いい物をもらいましたんで。それどころか、こっちも庄屋さんが来てくれて助かりました」

加門がかしこまると、権左右衛門は手を振る。

「いや、孫七が豊作の家にも追って行ってな、そこで人が集まって来たと言って戻って来たもんで、慌てて行ったんだ。五人以上集まってはならぬ、と水島様から言われているんでな」

「なるほど……どこの村でも一揆や強訴を怖れて、似たようなお触れを出しているようですねえ」

加門の言葉に、栄次郎も瓜を頬張りながら続けた。

「あの水島様ってお方は、恐そうなお人でしたなあ」

ああ、いや、と権左右衛門は咳払いをして目をそらす。

「まあなんだ、もっと薬を買いたかったんで、迎えに行ったというわけだ。昨日の薬はまだあるかね」

「へい、ありやすよ、置いて行きましょう」

加門はうしろから荷を引き寄せると、薬箱を開けた。

薬包を並べながら、その顔を並んで座っているおうめとおいねに向けた。

「薬もいいんですが、食べる物でも腹具合は変わるもんです。普段、おうめさんは皆さんと同じ物を食べてるんですかい」

「ああ、おらぁ歯が丈夫だもんでねえ」

姑の言葉においねも苦笑で頷く。

「同じにしねえと文句言われるでね」

ふうむ、と加門はおうめの口元を見る。

「確かに歯はずいぶん残っているようで……けど、年を取ると、歯が揺れてよく嚙めなくなるもんです。腹も若い頃のようには動かなくなる。それで、堅い物は腹に詰まりやすくなるんですよ」

「ありゃ、まあ、そうかね」

おうめは腹を押さえる。加門は皆に、ゆっくりと顔を巡らせた。

「幼子に小さく切った物や軟らかく煮た物を与えるのは、歯も腹もまだ弱いからで。年を取ると、同じように歯も腹も弱くなるもんです」

「はあ、身体が子供に戻るのかね、気持ちは戻っとるようだが」

権左右衛門が笑う。

「いや」と加門も笑みで答える。

「子供は強くなっていくけど、年寄りは衰えていく……けど、弱いというのは同じだから、年がいったら、子供と同じ物を食べるくらいでいいんです」

「はあはあ、そんならわかる」おいねが身を乗り出す。

「そいじゃ、孫らに食べさせている物を、おっ母さんにも出すようにするで。そんなら、いいんじゃろうか」

「ええ、そうすれば腹具合もよくなるはずで」

頷く加門に、皆が顔を見合わせる。

「そうか、よかったなあ、おっかぁ」

権左右衛門は膝を打ちながら、加門に笑顔を向けた。

「おめえさんはいい人だな。いつまで村にいる」

「はあ、あと数日は。村のお人らは薬をほしがっているようなんで」

「ああ、いっぺえ来てたな。そうだ、水島様に言ったことは嘘ではねえ。村の者の薬代はうちで払うからな、安心してくれ」

「えっ、いいんですかい」

驚く加門に、権左右衛門は胸を張る。

「いいんだ。みんなの具合が悪けりゃ働けなくなる、そうすりゃ年貢も納められなくなる、そうなりゃえらいことだ。それに……庄屋だってえのに、大したことをしてやれねえっていうんじゃ情けねえからな」

権左右衛門は立ち上がって、二人に奥を示した。

「さあ、こっちの部屋を使ってくれ。風呂の用意もさせるで、ひとまず休むがいい。お寺なんぞに寝かせて悪かったな」

二人は荷物を抱えると、権左右衛門のあとに付いて行った。


風呂から上がって、二人は畳の上に足を伸ばした。

「町人というのはいいな、こうして思い切り手足を伸ばせる」

「しっ」と制しつつ、加門も肩の力を抜く。

「まあ、束《つか》の間《ま》、手足を弛《ゆる》めるのはいいことだ。また力が湧く元になるからな」

「そうだ、気を張ってばかりだと、どこかで切れる」

顔まで弛めて手を伸ばす栄次郎に、ああ、と笑いそうになって、加門はそれをとめた。耳が外へと引っ張られた。

「呼んでるな」

「え、誰がだ」

「村の衆だろう」

加門は立ち上がると、廊下へと出た。

「薬屋さーん」という声が、耳に届き、加門は玄関へと歩き出す。

出て来た栄次郎も「本当だ」と、付いて来た。

「そなた、いや、加右衛門は耳がいいなあ」

玄関の座敷で、ちょうどやって来た権左右衛門とかち合った。

「村の者が来たようだ」

そう言って、土間へと下りた権左右衛門は「あっ」と声を出して、うしろの二人を制した。

戸が開けられた玄関から、表の門が見える。

半分開いた門の前に数人の村人が立っている。

「まずいな、鉄蔵《てつぞう》が来ている」

権左右衛門が振り返り、村人のうしろに立っている男を指さした。

「あの男は水島様の手代……村のようすを探るために、しょっちゅうやって来るお人でな、なんでも水島様に告げるから、おめえさんらも気をつけなせえ」

「手代……そういえば豊作さんの家に来たときには、中間を連れてましたね、佐助とかいう。御手付様っていうのは、配下が多いんですかい」

加門の問いに、権左右衛門が小声になる。

「ああ、手代と中間が数人、付いていなさる。前は陣屋のほうで村の者を雇っていたんだが、水島様は役に立たないと言って取り替えてな、佐助も鉄蔵も水島様がよそから引っ張って来たらしい。なんでも、もとは無宿人《むしゅくにん》だったという話……あの目つきの悪さは、本当だろうとみんな言っているで」

権左右衛門は玄関から出て、門へと歩いて行く。

「これ、集まってはいかんと言われておるだろうに」

大声で怒鳴りながら、犬を払うように手を振る。

「だども、庄屋様、おらぁ薬がほしいんで」

「ああ、薬屋を呼んでくだせえ」

加門と栄次郎は、ゆっくりと近づいて行く。

首を伸ばした鉄蔵と目が合うと、じろりと睨《ね》めつけられた。

権左右衛門は、前の二人を指で差した。

「次郎作《じろさく》と耕造《こうぞう》、二人は残ってよし。あとは帰るんだ。明日、また来い、ああ、いや……こうしよう、明日から薬屋さんにみんなの家をまわってもらう」権左右衛門は振り向いて加門に問う。

「どうかね」

「へい、けっこうで」

「ようし、薬代はおらが持つから、安心しろ。それじゃ、みんな帰れ」

手を打つ権左右衛門に皆が頷いて、右に左にと散って行く。

鉄蔵もそれを確かめて、姿を消した。

「さて、それじゃ庭に入れ、薬屋さんと話していいぞ」

権左右衛門の言葉に、次郎作と耕造が競って、加門の袖を引いた。

「うちに来てくだせえ、おっ父つぁんは腰が悪いんで」

「うちは兄《あん》ちゃんの具合悪くて、あと妹も……」

加門は力強く頷く。

「へい、では、順に行きましょう。薬箱を取って来るんでお待ちを」

ありがてえ、と二人は声を合わせた。

五

翌日。

書き付けを手にした孫七が、玄関で待っていた。権左右衛門がまわる家の順番を書き、手渡したらしい。

草鞋を履いていると、奥から「待ってくだせえ」と声が駆けてきた。

「これをお持ちくだせえ」

そう言って、おさきが水音のする竹筒《たけづつ》を加門と栄次郎に差し出す。

「やあ、これは」

ひやりと冷えた竹筒を受け取って、二人は孫七とともに屋敷を出た。

「まずは伝兵衛《でんべえ》の家で」

孫七の案内について、田畑の中の道を歩く。加門は、目で背後を振り返った。

いつのまにか、鉄蔵が付いて来ていた。着流しの左裾をまくり上げて帯に挟み、鋭い足さばきで歩く姿は、まるで江戸の遊び人のようだ。と、その腰に目がいった。脇差しを帯びている。

加門は孫七の横に並んだ。

「鉄蔵さんが来てますね。あのお人は毎日、来るんですかい」

「ああ、いや」孫七は振り返らずに言う。

「鉄蔵さんは普段は二、三日に一回くらいで。よそもん、ああいや、外から人が来ると、毎日、見に来るんで」

「へえ、脇差しを差してますねえ」

「はあ、あれは水島様がお許しになったで。鉄蔵にはいろいろとやらせてるもんで……おかげですっかり役人気取りだ」孫七は苦々しげな面持ちで首を振る。

「あいつのことはあまり見ないように……気にしちゃいけねえ」

孫七は早足になって、一軒の家へと入って行った。

「ああ、ありがてえ」

待ち構えていた伝兵衛が、入って来た三人に、手を合わせる。

「さあ、薬屋さん、上がってくだせえ。倅の伝助《でんすけ》、足がえらいことになっちまって、さ、伝助、足を出せ」

伝助が、左脚を伸ばした。ふくらはぎに傷があり、赤く腫れている。

「この傷はどうしたんで」指で触れた加門はその熱に眉を寄せた。

「切ったんですかい」

「へえ、ちいとよろめいたときに、鋤《すき》でうっかりと」

鋤か、とつぶやいて加門はそっと指で押す。

「中で膿《うみ》がたまってますね。こりゃ、切って出さないとだめだ」

「切るって……」

「火はありますかい」

「ああ、おい、おとり、竈《かまど》の種火を出せ」

へえ、とおとりが炭を取り出すと、ふうと息をかけた。たちまちに赤くなる。

加門は荷をほどくと、木箱を取り出し、父の作った二重底を開けた。医術用の小刀を手に取ると、炭を受け取り、刃を付けた。

竹筒の水で、手拭いを濡らすときれいに傷を拭く。

「栄吉」加門は背後の栄次郎を呼ぶ。

「足を押さえていてくれ」

「おう、わかった」

栄次郎が押さえつけると、伝助は身を引く。

「そ、そんなことを……」

伝兵衛が手を揺らす。

「ああ、平気だ」栄次郎がにっと笑った。

「この加右衛門さんは、医者からちゃんと教わってるんだ、心配はいらないぞ」

「ええ大丈夫、すぐに終わります」

加門は穏やかに言うと、小刀を握った。

そのまますらりと刃を下ろし、脚に当てる。

伝助の声が上がったが、加門はにっと笑って見せた。

「そら、終わりです。膿を絞り出しますから、もう少し我慢してください」

再び伝助の声が洩れるが、それもじょじょに止《や》んだ。

「さあ、これでいい。傷に薬草を当てますからね」

加門は手際よく、薬草を粉にした散薬《さんやく》を傷に当て、晒《さらし》を巻いた。

覗き込む父と母に、加門は笑顔を向ける。

「もう大丈夫ですよ。また明日、来ますんで」

へえ、と伝兵衛が背中を丸める。

「助かった、伝助が働けなくなったら、うちぁ、やっていけねえだ」

「ああ、よかったよぉ」おとりも手をこすり合わせて加門を拝む。

「隣が逃げちまって、広い田畑をやらなけりゃならなくなっちまったもんで、倅の手がなくちゃあまわらねえんだ」

逃げた……逃散か、と思いつつ、加門はおだやかに頷いた。

「へえ、そいつは大変だなあ。なに、すぐに働けるようになりますよ」

「ほお、働けるか」孫七も身を乗り出す。

「よかったじゃぁねえか、脚がもげるんじゃねえかと思ったもんなぁ」

「へえ、庄屋様にもお礼を伝えてくだせえ」

頭を下げる一家に、孫七も「おう」と誇らしげに答える。

では、と荷物をまとめると、加門は栄次郎と立ち上がった。

「次はどこですかい、孫七さん」

ええと、と孫七は書き付けを開いた。


翌日、また翌日、と家々を訪ね、加門は村の隅々までを頭に入れた。

孫七も行く先々で礼を言われ、胸がそのたびに反っていく。

「いやぁ、こんだけ喜ばれるとはのう、気持ちのいいもんだ。のう、帰ったらまた瓜をもらうべえ」

と孫七は笑顔だ。

加門は小さく向いて、木の下に立つ鉄蔵を見た。鉄蔵は日が経つにつれ、だんだん間合いを取るようになり、顔を逸らしていることも多くなった。

機嫌のいい孫七に、加門は近くの農家を指さした。

「あの家も空き家ですかい。ほかの家ほど廃《すた》れちゃいないようですが」

「ああ」と言いつつ、孫七は鉄蔵を振り返る。

「指さしちゃいけねえ。あそこはつい最近、逃げたんだ」

「へえ、けっこう、あちこちに空き家がありますねえ」

屈託のなさを装って加門は言う。村に来てから、空き家をすでに七軒、数えていた。

栄次郎も合わせて、さりげなく訊く。

「この村も逃散が多く出てるんですかい」

「しっ」と孫七が指を立てる。

「そんな言い方をしちゃなんねえ。百姓が土地を捨てるのは御法度《ごはっと》、知れたらただじゃすまねえんだ」

「ああ、だからああやって、鉄蔵さんが目を光らせるんですね」

「そうだ、あそこの一家だって」孫七が空き家を目で示す。

「村を出る前に鉄蔵のやつに見つかって、斬られちまったんだから」

「斬られた」

驚く加門に、孫七は顔を歪ませながら頷いた。

「そうよ、村を出れば、どこから来たかと聞かれ、逃散が知れてしまうからよ、その前に殺しちまうだ。去年も一家で逃げ出したが見つかって、女房が斬られてよ、しょうがなく戻った家があったんだ」

「その女房は死んだんですかい」

「ああ、うっちんだ。見せしめに寺の前に置かれてな、かわいそうだから村の者で葬ったんだ」

「見せしめかぁ、恐ろしいことだ」

栄次郎のつぶやきに、孫七が眉を寄せる。

「ああ、そのあとに墓に人魂《ひとだま》が出たってえ話が広まってな、子供は化け寺と呼んで近づかねえ」

「へえ、けど、殺されたとなると、みんな怖《お》じけるでしょうねぇ」

加門が肩をすくめると、孫七が首を縦に振り、次に横に振った。

「うんだ、そのあとしばらくは、みんなおとなしくしてたんだ。けんど、今年になって、あっこの一家が逃げ出してな、また鉄蔵に見つかって、今度は皆殺しだ」

「一家……何人が」

加門の問いに、孫七は指を立てる。

「四人だ。やっぱり見せしめに道に転がされたから、またおら達で寺の墓場に埋めてやったんだ」

「あのお寺……そういえば、裏に墓場があったな」

「ああ、そうだ、土饅頭《どまんじゆう》がいくつもあるだで。御手付様に楯突《たてつ》いて斬られた者もいっからな」

そういうことか、と加門は腑に落ちた。悪いことがないのではない、隠されていたのだ……。

加門は庄屋の屋敷の前で、小さく振り向く。

鉄蔵の姿は見えなくなっていた。

夕刻。

栄次郎が風呂に入っているあいだに、加門は外へと出た。茜色《あかねいろ》に染まった空の下を早足で寺に向かう。

お堂の横を抜けて、裏の墓場へと向かう。

うっそうとした木の茂る墓地で、加門は立ち止まった。

土が丸く盛り上げられた土饅頭が、点々とある。

古いものには草が生えており、盛り土も低い。埋めた棺桶《かんおけ》が腐れば、土が下がって土饅頭が平らになるためだ。

一つ、二つ、三つ……。六つを数えて加門は眉を寄せた。一番新しい土饅頭はずいぶんと大きい。おそらく一家四人をまとめて葬ったのだろう。

どこにも墓標はない。住職がいなくなって、戒名《かいみょう》をつけられることがなくなったために違いない。そう考えて、いや、と加門は首を振った。庄屋は字を書けるはずだから、名くらい記してもいい。あえてそうしないのは、逃散のあげくの死であることを知られたくないからだろう……。

報告のしがいがあるな、と加門は唇を嚙みしめて、墓に背を向けた。

来た道を戻る加門は、ふとお堂に目を吸い寄せられた。中で小さな灯りが揺れているのが目に付いたのだ。

誰だ……。忍び足に変えて、加門はそっと近寄った。

破れた障子から、音が洩れてくる。男と女が睦《むつ》み合う声だ。

村人の逢《あ》い引《び》きか、と離れようとすると、「鉄蔵さん」という声に加門の足は引き留められた。

あの鉄蔵か……相手は誰だ……。加門は息を殺して、壁に身を寄せる。と、障子の破れ目に顔をつけた。あっと、喉が震え、慌てて息を飲み込んだ。鉄蔵の首に腕をまわしているのは、庄屋の家のおさきだ。

加門は息を殺したまま、そっとその場を離れた。

夕餉《ゆうげ》をすませて箱膳を台所に持って行くと、加門はその足で権左右衛門の部屋へと向かった。が、奥の小部屋にいると教えられ、そこで声をかける。

「庄屋さん、加右衛門ですが、ちいといいですかい」

「あ、ああ、今……」

がさごそと音が立ったあと、襖が開いた。

入って行くと、文机《ふづくえ》の上に文箱があり、横に書物が積まれているのが目に入った。

加門はちらりと見て、胡座《あぐら》をかくと、

「ああ、さすが庄屋さんだ、書き物ですかい」

感心したように文机を見る加門に、権左右衛門は咳払いをする。

「ああ、いや、そんなんじゃねえんだが……なんだ、用かね」

「へえ、実は明日行くのが最後の家になります。なんで、明後日は、気になる家をもう一度まわって、三日後に戻ろうとかと思いまして……もう、持って来た薬も、ほとんど底をつきましたもんで」

「ほお、そうか、帰るか……江戸に戻るのかね」

「ええ、薬がなけりゃ行商は続けられませんから、戻ります。それでかまわねえでしょうかね」

小首を傾げる加門に、権左右衛門は慌てて頷く。

「ああ、かまわない。薬代はもう用意してあるだで。ご苦労だったな」

権左右衛門が顔を引き締めるのを見ながら、加門は、

「それじゃ、そういうこって」

小部屋をあとにした。

六

翌日。

朝餉の箱膳二つを台所に持って行くと、そこにおさきの姿があった。土間で茶碗や皿を洗うおさきの横に、加門は寄って行く。

「ごちそうさんでした」

「へえ、お粗末さんで、そこに置いてくだせえ」

おさきは箱膳を見て顎で脇を示す。

中から茶碗などを取り出す加門に、おさきは顔を向けた。

「かまわんでくだせえ……そういや、加右衛門さんは二日後に帰るそうで」

「ああ、そうなんだ。おさきちゃんにも世話になったな」

笑顔を向けて、改めておさきの顔を見る。幼く見える丸顔だが、もう立派な娘なのだな、と昨晩のことを思い起こした。

「加右衛門さん、お江戸は日本橋なんでしょう」おさきも笑顔になる。

「上野《うえの》や浅草《あさくさ》も近いんでしょう」

「ああ、そうだな、日本橋から上野はちと歩くが、上野から浅草はすぐだ。おさきちゃんは江戸に行ったことがあるのかい」

加門の問いに、おさきは首を振る。

「いんや、話に聞いただけだ。上野の春には桜が咲いて、夏には大川《おおかわ》で花火が上がるって。秋にはあっちこっちで神輿《みこし》が出てそりゃ威勢がいいもんだって……おもしろそうだなあ」

眼を細めるおさきに、ああそうか、と加門は腹の底で手を打った。その話をしたのは鉄蔵なのだろう。たとえ権左衛門が江戸に行ったとしても、四季を通していられるはずがない。四季を語れるのは、江戸に暮らしていた者だ。おそらく、江戸で遊び人暮らしをしていた鉄蔵は、なにか科《とが》を犯して江戸払いになったのだろう。そして、なにかの縁で手付の水島に拾われた、と……。

加門はさりげなく戸口の外へと顔を向けた。

「この村からも、出て行った人らがけっこういるそうだな。江戸に行った者もいるかもしれないな」

「そんなもん」おさきの口調が尖《とが》る。

「江戸になんか行けるもんか。村から出るのだって難しいんだ、うまく出たって、街道に追い剝ぎがうじゃうじゃいるんだから」

「へえ、そうなのかい。そういえば、あたしらも途中で追い剝ぎに遭ったなあ。なんとか逃げたけど、殺されちまうんなら、出て行くのは損だな」

「ああ、けんども、死んだとしたって、そりゃ罰《ばち》だ。村を捨てて出て行きゃあ、残ったもんがその分、耕さねばなんねえ。手が足りねえから、ますます苦労すっことになるんだ。そいで、小せえ娘まで売られることになんだから」

ほお、と加門はおさきを横目で見る。なるほど、そういう思いであれば、鉄蔵のやったことを知ったとしても、嫌になるまいな……。

おさきは大きな水音を立てて、茶碗を洗う。眉が寄っているのは、さまざまなことを思い出しているからなのだろう。

「おうい」

廊下から声が流れて来る。近づいて来るのは栄次郎の足音だ。

「あっ、加、右衛門さん、ここにいたのかい」

入り口に立って、栄次郎が手を振る。

「孫七さんが待ってるぞ」

「ああ、すまない、今行く」

加門はおさきに「じゃましたな」とつぶやいて、台所から上がった。

最後の家は村の中ほどにあった。

権左右衛門は、病や怪我の重い順にまわるように書き付けに記していたことが、まわりはじめてすぐわかっていた。それを考えれば、最後にまわされたこの家の者は壮健なのだろう、と加門は気を弛めていた。主の熊吉《くまきち》は四十、女房おみねは三十六と記されていたのを思い出す。が、座敷に上げられて、えっと声を上げた。

薄い藁布団《わらぶとん》に寝たままになっているのは、女房らしい女だ。

「どうなすったんで」

枕元に座る熊吉は、首を縮める。

「へえ、中風《ちゆうぶ》（卒中）らしくて。田んぼで倒れて、それ以来、右側が動かなくなっちまって」

布団の中で小さく頷くおみねに、加門は顔を寄せる。

「声は、声は出せますか」

「へ……え、すこ、し」

顔の右側は弛んでいるが、口は動く。

「倒れたのはいつです」

振り向いた加門に、熊吉は指を折った。

「え、と、十日と、三日くらい前で」

それを聞きながら、加門はかけられていた夜着を剥ぎ、背中に腕を差し込んだ。

「さ、起きてください」

「え、そんなこと」

狼狽《うろた》える熊吉に、

「なにか寄りかかれる物を持って来てきてください」

「よ……ああ、籠《かご》がある」

薪の入った籠を持って来ると、背中に当てた。

加門は右腕を持ち上げると、ゆっくりともみほぐし出す。

「それほど日が経ってなくてよかった。熊吉さん、こうして毎日、腕も脚も揉んでください。それから、伸ばしたり曲げたりも」

加門は腕を曲げてみせる。

「い、いたた」

おみねの声に、やめ、と熊吉が手を出そうとし、それを加門が遮《さえぎ》る。

「痛みを感じるのは麻痺《まひ》が軽いということです、いいことだ。この痛みは強《こわ》ばりが元……動かさないでいると、固まってしまうんです。そうなると、動かすのが痛くなる。それでますます動かさなくなる。それを続けていると、本当に動かせなくなってしまうんですよ」

「そうそう」栄次郎も進み出ると、おみねの右脚をゆっくりと曲げた。

「こうして動かしていると、だんだんと戻ってくるもんです。あたしも脚を怪我したときには、やりましたよ。はじめは痛いけど、そいつは我慢だ」

栄次郎の言葉に、おみねは洩らしていた呻き声を飲み込んだ。

「熊吉さん、よく見て覚えてください」

加門の呼びかけに、熊吉が寄って来て、二人の手を見る。

「毎日、続けるんです。だんだんと動くようになります。そら、手を添えればちゃんと曲がるでしょう」

「ほんとだ」

覗き込む熊吉の背後から、孫七も首を伸ばす。

「へえ、もう動かねえもんだと思ってたけどな」

「いえ、あきらめちゃいけません」

加門は首を振りつつ、そうか、誰もがあきらめていたから、最後にまわされたのか、と得心した。

「それから、できるだけ話しをしてください。口もちゃんと動くようになって、話せるようになりますから。おみねさん、一人のときには歌でも歌ってください」

へ、え、とおみねは口を動かし、ああ、と声を出す。

「そう、どんどん声を出すんです。口も喉も使わないと固まりますから」

「へ、え……あ、あぁぁ、ああ、声が、出る」

おみねの声に、奥から四人の子供が出て来た。

「おっ母《かあ》」

「しゃべれるのか」

「おっ母、起きられるのか」

母を取り囲んだ子供らを、加門は順に見る。

「みんな、毎日、おっ母さんといっぱい話しをするんだ。手や脚もさすってやりな」

「うん」

子らが目を輝かせる。

「元に戻るの」見上げる子に、加門は頷く。

「ああ、このくらいの麻痺ならきっと戻る。また、みんなの飯を作ってくれるぞ」

「ほんとか」

「おっ母」

「おら、おっ母のおまんま食いてえよ」

抱きつく子らを、おみねがゆっくりと左手で撫でる。

加門は涙の浮かんだおみねの顔を、正面から覗き込んだ。

「おみねさんも頑張《がんば》るんだ。いや、一番頑張らねばならないのはおみねさんだ。あきらめたらそこで終わる。けど、あきらめなければ、今日より明日《あした》、明日より明後日《あさって》、と必ずよくなっていく」

う、と背後で声が洩れた。

熊吉が袖で顔を覆っている。

「熊吉さん」加門は振り向く。

「あいにく、こうなったらいい薬はありません。けど、薬よりもみんなの介抱《かいほう》のほうが効く。あきらめずに介抱を続けてください」

「へい」熊吉の身体が揺れる。

「おら、どうしたもんかと……けんど、頑張るで。介抱すっから」

「あ……んた」

おみねも目に袖を当てる。

「おらもやるぅ」

「やる」

子らも声を張り上げる。

加門と栄次郎は、揉みほぐす手を子らに譲った。

村の道に出た加門は、歩いて来る人影に目を止めた。

三人の男が、ちょうど向かう方向から近づいて来る。手付の水島と中間の佐助、手代の鉄蔵だ。

加門ら三人は道を譲ろうと、道の端に寄る。

その前に来て、一行は立ち止まった。

「薬屋か、いつまでいる気だ」

顎を上げる水島に、加門は腰を曲げる。

「へい、明後日には発ちます」

「ほう、そうか」水島は加門と正面から向き合う。

「きさまら行商人は、次の村に行くと、見て来た村の話をするそうだな」

「はあ、まあ……どこの誰が狸《たぬき》に騙《だま》されたとか、狐《きつね》が娘に化けたとか、そういう馬鹿馬鹿しい話でございます」

「ほう」水島は伏せた加門の顔を覗き込む。

「そのほう、馬鹿ではなさそうだな。しかし、小賢《こざか》しいのは馬鹿より悪い。気をつけることだな」

くるりと身をまわすと、水島は歩き出す。

加門は上目で、水島のあとに続き、肩で風を切る鉄蔵と佐助の背中を見送った。

夜、加門と栄次郎はそれぞれに筆を執《と》っていた。

加門は見聞きしたことを簡単に書き留める。一方、栄次郎は子供らの姿を絵に描き留めていた。

「加右衛門さん」

襖越しにかけられた声に、二人は慌てて紙を閉じる。おさきの声だ。

へい、と襖を開けた加門に、おさきが奥を指で差す。

「庄屋様がお呼びで」

ああ、と加門は廊下へと出た。

昨夜の小部屋に行くと、権左右衛門が胡座《あぐら》から正座に代えて加門を迎えた。

かしこまって向き合うと、権左右衛門も改めて背筋を伸ばした。

「加右衛門さん、おめえさんに頼みがある」

「へい、なんでしょう」

「加右衛門さんは、江戸の郡代屋敷を知っているか」

「ええ、馬喰町の近くで、よく近くを通りますよ」

「そうか」権左右衛門は文机の上に目を向けた。

「実は今、目安《めやす》（訴状）を書いている。これを郡代屋敷に届けてもらいてえんだ」

「目安ですかい」

加門も文机を見る。広げられた紙に、何行か書かれた文字が見える。

権左右衛門は腕を組んだ。

「おらぁ、これまでなんもしてこなかった。村の衆が困ってるのはわかってたんだが、なにもできねえと思ってたんだ。だけんど、おめえさんらが来てくれて、みんなが喜んだのを見て、気持ちが変わったんだ。できることがあるんなら、しねえとならねえ、とな」

加門は黙って、膝の上で拳《こぶし》を握る。その居ずまいに、権左右衛門は目元を弛めた。

「頼んでもいいか」

「ええ」加門は頷く。

「預かりましょう」

そうか、と権左右衛門は大きく息を吐く。

「よかった、明日には書き終えるで、夜、来てくれるか」

「へえ、わかりました、また明日来ます」

加門はそう請け負って、立ち上がった。と、同時に、廊下を去って行く足音に耳を向けた。

廊下に出ると、すでに人影は見えなくなっていた。

七

二日後。

荷物を負った加門と栄次郎は、庄屋の屋敷を出た。

見送りに出た権左右衛門と加門は、目で頷き合った。昨晩、権左右衛門から預かった目安状は、腹に巻いた晒のあいだに挟んである。

「はあ、世話になったね」

付いて来たおうめに加門は、礼を返す。

「こちらこそ、お世話になりました」

そう振り返りながら門を出ると、そこには子供達が待っていた。

「これ、おっ父が渡せって」

草鞋を差し出す子に続いて、別の子が、

「これもおっ母から、梅干しだ」

経木《きょうぎ》の包みを掲げる。

「これも持ってけって」

「こっちも」

次々に、編み笠やら小さな蓑《みの》やらが突きつけられる。

「おう、ありがとうよ」

背の風呂敷包みにしまいながら、加門は辺りを見た。それぞれの家の前に立って、大人達がこちらを見ている。

「よし、それじゃ、手を出せ」

加門は懐から布袋を取り出すと、その口を開いた。

「そら、炒り豆だ」

差し出された小さな手に、豆を載せていく。

「わあ、豆だ」

「よし、こっちもだ」栄次郎も袋を開いた。

「干した飯だ。このままでも食えるが、汁に入れると膨らんでうまいぞ」

「わあ、ご飯か」

「米食えるのか」

「おらも」

「おらにもっ」

子らは押し合いながら、手を出す。

すぐに口に入れる子もあれば、大事そうに押し載く子もある。

親に向かって、

「豆と米だあ」

と、手を上げる子もいる。

大人らが頭を下げるのが見てとれた。

「それじゃあな」

空《から》になった袋を懐に戻し、二人は皆に背を向けた。

子供らは大事そうに手を握って、親の所に駆けて行く。

加門が振り返ると、権左右衛門がじっとこちらを見て立っていた。

村を抜け、道が林に入った。この先は低い山を越えるための勾配になる。

加門は荷物を下ろすと、包みを解いて竹竿《たけざお》を取り出した。二本の竹を接いで長くし、くすりと書いた幟を結わえつける。

「なんだ、この先も行商をするのか、薬はそれほど残ってなかろう」

覗き込む栄次郎に、加門は竹を指で弾いて見せた。空洞の竹からは生じえない、重い音が響く。加門は栄次郎を見上げてにっと笑った。

「これは仕込みだ」

「そうか……来そうか」

栄次郎が顔を歪める。

権左右衛門から目安を預かったことも、それを知られたようすのことも、話してある。鉄蔵とおさきの仲を考えれば、立ち聞きをしていたのはおさきに違いない。

「おそらく、おさきちゃんは鉄蔵に言いくるめられているのだ。庄屋のすることを知らせろ、とな」

加門の言葉に栄次郎が苦笑する。

「惚《ほ》れた男の言うことならば、というやつか」

「そういうことだ」

加門も苦笑して、幟の付いた荷物を背負った。

里を離れた山道に、人影はない。

ときおり、茂みを揺らすのは雉《きじ》か狸だろう。

加門は小声でささやく。

「この山を越えるとまた里に出て、その先は街道だ。そなた、追い剝ぎから奪った七首は持っているな」

「ああ、懐にある」

足元の落ち枝を踏みしだきながら、二人は道を上る。

「熊や猪《いのしし》が出て来ないように、歌でも歌うか」

栄次郎がどこかの漁師歌を歌い出す。

加門はそのうしろで合いの手を入れながら、耳をそばだてていた。

耳が前方に向く。

もう少し上ると、開けた道に出る。周囲の木々も、その辺りはまばらだ。

加門は腹に力を込めた。

すっと、栄次郎を抜きながら、目配せをする。栄次郎は目顔でそれに答えた。

道を上りきる前に、二人の人影が飛び出した。

鉄蔵と佐助だ。

すでに手には抜いた脇差しが握られている。

「荷物を置いて行きな」

佐助が足を踏み鳴らす。

「御手付様の配下が追い剝ぎか」

栄次郎の言葉に、鉄蔵が「けっ」と右手の刀を前に差し出した。

「荷物はおまけよ、それより庄屋から預かった物があるだろう」

肩を揺らしながら、加門に一歩、寄る。

やはり知られていたか……。加門は背中の荷物をするりと下ろした。と同時に、差してあった竹竿を抜くと、幟を捨てた。一本を腰に差し、もう一本を手にする。

む、と鉄蔵が加門を睨む。

「なんだ、そりゃ。いいからおとなしく庄屋の目安を渡しな」

「ことわる」

「なんだと」鉄蔵が刀を揺らす。

「まあ、いいさ。どのみちおまえらは殺すんだ。斬ったあとで探すことにするぜ」

鉄蔵はぺっと唾を吹きかけると、両手で刀を握った。

「手付の命令か」加門はそっと、竹の仕込みを胸の前に構えた。

「村を出ようとする者は、誰彼かまわず殺すようだな」

はっ、と鉄蔵は顎を逸らした。

「そういうことを言いやがるから、生かして出すわけにはいかねえのさ」

高所に立つ鉄蔵は、二人を見下ろしながら、佐助に向かって栄次郎を顎で差し示す。

「おめえは、あっちをやりな。いかにも弱そうだ」

へい、と佐助が栄次郎に向かって進み出る。

「おまえら、ずいぶんと薬代を稼いだんだろう、ついでに出しな」

栄次郎は半歩下がって、懐に手を入れた。加門はよし、と横目でそれを見る。が、
栄次郎が取り出したのは細い竹筒だった。

なんだ、と佐助が握った匕首を振り上げる。

栄次郎はにっと笑うと、竹筒を口にくわえた。

ふっ、と空《くう》を切る音がして、筒から針が飛び出した。それが、佐助の喉に刺さる。

え、と佐助が下を向く。

そこに栄次郎がまた息を吐いた。

二本目の針が、今度は佐助の額に命中した。

「なにをし……」

言いかけて、佐助の動きが止まった。

目を見開き、口を震わせながら、倒れ込む。

地面の上で、佐助の手足が空《むな》しく空を泳いだ。

毒針か……。加門が意外な目で見ると、栄次郎はふっと鼻をふくらませた。

足元で痙攣《けいれん》する佐助を見て、鉄蔵が唾を呑み込む。と、

「おまえらっ」

顔を上げて大声を放った。

鉄蔵の顔に殺気が漲《みなぎ》る。

これは、やらねば終わるまいな、と加門は唾を呑んだ。目蓋《まぶた》の裏におさきの顔が浮かんだが、それを払った。もっといい男を捜すんだ、おさきちゃん……。

加門は手にした竹を左右に引いた。右側に付いた細い刃が現れる。仕込みの剣だ。

踏み込もうとしていた鉄蔵が、一瞬、その白刃に動きを止めた。

今だ、と加門は手を振り上げて、地面を蹴った。

鉄蔵も慌てて手を下ろす。

下ろされた刃は、躱した加門の横を空振りした。

前のめりになった鉄蔵の、鳩尾《みぞおち》をめがけて加門は刃を突き立てた。

刃が腹に通り、鉄蔵が横に傾く。

加門は素早く剣を抜くと脇に飛び、転がる鉄蔵に道を開けた。

坂を転げて、鉄蔵が止まる。その目だけが、こちらを見ていた。

そこに茂みが音を立てた。

「きさまらっ」

水島が飛び出してくる。

刀を抜くと、揺らしながら二人に切っ先を向けた。

「ただの薬屋ではないな、何者か」

加門は手にした剣の血糊《ちのり》を見ると、それを投げ捨てた。そして、腰に差したもう一本を抜く。

構えた加門に、水島が大声を上げて、斬り込んで来る。

身を低くしてそれを躱し、加門はその背後へと滑り込んだ。

「きさま」

足をもつらせながらも、水島が向き直る。またしても大声を放ち、上段で斬り込んで来た。

加門は伏せる。と、その腕を下から斬った。

袖が裂け、二の腕から、血が落ちる。

ああ、と血の滴《しただ》りに、水島は腰を引いた。

加門は足を踏み出すと、切っ先を刃の先に寄せた。

「われらは公儀御庭番。上様よりの拝命を受け参った」

お、お……と水島の口が震え、顔がみるみる引きつっていく。

加門はすでに動きを止めた二人を見て、片目を細める。

「あの者らは、追い剝ぎに斬られたのでしょう。御手付殿もその程度の傷でやめておけば、追い剝ぎと闘ったと言い切ることができるでしょうな」

「あ、ああ……」

水島は腕を押さえる。

加門は小刻みに震える顔を、正面から見据えた。

「それ以上の深手《ふかで》を負えば、言い訳もできませんぞ」

水島は震えるように頷く。

「いや」と、栄次郎が進み出た。

「どのみち村のことは上様にお伝えするのだ。ここで命を落としたほうが、いっそ楽かもしれませんぞ」

「あ、あ、いや、それは……」

水島が首を振る。

加門は苦笑を押さえて、栄次郎の肩をつかんだ。

「よい、それは我らの務めではない」

荷物を背負うと、

「行くぞ」

歩き出した。栄次郎もすぐに横に並んだ。

振り返ると、坂道を走り下りて行く水島の姿が見えた。

「しかし、栄次郎が吹き矢とはな」

加門の感心したような面持ちに、栄次郎は胸を張る。

「まあ、多少は努力をしている、ということだ。いつまでも足手まといになってはいられないからな」

「それに肝《きも》も据わったな」

「ああ、そなたを見習っているのだ」

栄次郎は笑みを含んで加門の肩を叩く。

「急ごう」

加門は苦笑しつつ、脚で地面を蹴った。

第四章　十万石の新大名

一

「まあまあ、疲れは取れましたか」

母の光代が、廊下に出た加門に寄って来る。

風呂から上がったばかりの身体からは湯気が立ちのぼり、加門は額の汗を手拭いで拭いた。

「はい、やはり家の風呂はゆっくりできます」

「さあ、御膳が出てますから、いらっしゃい」

すでに並んだ膳の前で、千秋が飯をよそいながら、顔を上げた。

「まあ、すっきりなさいましたね」

ああ、と加門は無精髭《ぶしょうひげ》が生えかかっていた顎《あご》を撫でる。

膳に着くと、さあ、と父が酒の入った銚子《ちょうし》を掲げた。

「御苦労だったな、無事に戻った祝いだ」

「はい」

加門は盃で酒を受ける。

父にも注いで、二人は同時に酒を流し込んだ。

「ああ、喉にしみる」

加門は大きく息を吐いた。湯に浸りながら肩がほぐれていくのを感じて、凝《こ》っていたことを思い知ったばかりだ。吐く息とともに、肩の力を抜いていく。

「明日、登城なさるのですか」

千秋の問いに、加門は箸を動かしながら首を振る。

「いや、明日は休んで、その後、三日ほどは家で探索の報告を認《したた》める。高橋殿にもそれでよいと、許しをいただいてあるのだ」

加門は鯵《あじ》のたたきを口に運ぶと、ゆっくりと味わって眼を細めた。

「うまい、海の魚は久しぶりだ」

「山のほうではなにを召し上がったのです」

千秋は自分の鰺の皿を向かいの加門の膳に置きながら、首を傾げる。

「ああ、川の魚は食うたな。鮎《あゆ》とか岩魚《いわな》とかは獲れるのだ。だが、毎日ではないし、菜の多くは青菜や山菜だった」

加門は小鉢に箸を伸ばし、あさりの佃煮をつまみ上げる。

「そうだと思うて」母が身を乗り出した。

「あさりを煮ておいたのです。おかわりもなさい」

ふっと、父が笑いを洩らす。

「そなたがいつ戻るか、わからなかったからな、ここ数日、あさりばかりを食わされておった。全部、食うてよいぞ」

「あら」光代が口に手を当てる。

「なれど、結局、半月になったではありませんか。このまま七月が過ぎてしまうのでないかと、気が気ではありませんでしたよ、ねえ、千秋さん」

母の言葉に千秋も「はい」と深く頷いた。

加門は苦笑する。

「まあ、近い割には日がかかりました。ですが、まだ戻っていない組もあるのですから、よしとしてください」

汁椀を取ると、湯気の立つ味噌汁を飲み込む。

「お、磯海苔《いそのり》だ」

「はい、海づくしです」

千秋が胸を張る。と、箸を止めて、父と母の顔を見た。もじもじと身体を動かす。

「あのことは……」

加門も箸を止めて、皆を見る。

「なんです」

うむ、と父は咳払いをした。

「千秋、言うてもよいぞ」

「ええ、もう知れ渡っていることですから」

母の言葉に、加門は箸を置く。

「だから、なんなんです」

「はい」千秋も箸を置いた。

「加門様、よい知らせです」

加門はふと千秋の腹を見た。

千秋は肩をすくめると、ふふ、と笑い、

「意次様です」と口に手を当てた。

「意次……意次がどうかしたのか、あ、継室をもらったか」

「いいえ」千秋が背筋を伸ばす。

「田沼主殿頭意次様が御出世なさったのです」

「出世、とは……」

「三日前のことです。七月の二十二日付けで、上様からの命《めい》が下されたそうです。意次様は小姓頭取《こしょうとうどり》に御出世あそばされたのです」

「小姓頭取」加門が声を放つ。

「そうか、出世の階段を上りはじめたな」

拳を握る加門に、千秋が微笑む。

「やはり喜ばれると思ってました。ようございましたね」

「ああ、これはうれしい」加門は城の方角を見て、眼を細める。

「なにか、祝いをせねば……なにがよかろう」

相好《そうごう》を崩す加門に、父も眼を細める。

「父上……意行《おきゆき》殿が生きておられたら、さぞ喜ばれたでありましょうな」

紀州《きしゅう》にいた頃から、田沼意行と宮地友右衛門は親しくし交わっていた仲だ。吉宗が将軍の座に就き、その家臣として共に入城してから、ちょうど三十年になる。

加門は「そうか、頭取か」と繰り返して笑みを広げる。

「よしっ」

茶碗を取り上げると、あさりの佃煮を山盛りに載せて、勢いよくご飯を掻き込んだ。


翌日。

机に向かって筆を執る加門に茶を出して、千秋が横に座った。

「今日はお休みではないのですか」

「いや、さっさと仕事を終わらせることにした」

「まあ……それは早く登城なさりたいがため、なのでしょうね。お城に上がって意次様にお会いしたい、と」

拗《す》ねたような口調に、加門は筆を止めた。

「まあ、そうだ」加門は千秋の尖った口を見て、苦笑する。

「祝いを言いたいではないか」

「はい、わかっております」千秋は笑い出す。

「加門様にとっては意次様が一番なのでしょう。それはもうあきらめております。女《おなご》に気持ちを向けるよりは、ずっといいことですし。それにわたくしとて、意次様の御出世は心からうれしく思うているのですよ」

「うむ、そなたと意次は気が合うていたからな……そうか、一本気なところが似ているのだ」

「あら、それもうれしいことです。意次様は上様がお気に召すほどのお方ですし」

「そうだな、大岡様には及ばないが、意次もお気に入りであるのは間違いない」

「大岡忠光様は、これまでずっと小姓頭取を務めておられたのですよね」

「ああ、去年、小姓組番頭格《こしょうぐみばんがしらかく》に昇任されて、御側御用取次見習《おそばごようとりつぎみならい》にも抜擢《ばってき》された。あのお方は上様にとっては別格だ」

「お人柄がよいと聞いていますけど」

「うむ、欲もなく穏やかでよいお人だ。失態を犯す者がいても、叱ったりはなさらない。そういう御気性は上様とよく似ておられる」

「まあ……そういえば、家重様も家臣の失態を叱るどころかかばって差し上げたと、お免の方様が話しておられました。そういうおやさしいところがお好きだと……」

　側室のお免の方がまだ男子を産む前に、千秋は会っている。

　なれど、と千秋は首を傾げた。

「上様は松平乗邑様を罷免なさって、隠居まで命じられましたでしょう。さらに跡継ぎには国替えも命じられて。それに田安様と一橋様にも登城禁止を申し渡されたではありませんか。わたくし、上様は恐いお方のように思えるのですけど」

ふうむ、と加門は向きを変えて、千秋を正面から見た。

「千秋は馬鹿だな」

その言葉に、千秋の眉間に皺が刻まれた。

「ま、あ……いくらなんでもそのような言い方……」

みるみる歪む顔に、加門は笑い出した。

「嘘だ、嘘」そう言って千秋の膝をぽんぽんと叩く。

「しかし、馬鹿と言われて腹が立ったであろう。では、これはどうだ、千秋はそそっかしいところがある」

「あら、それは……否《いな》めません」

「ああ、腹は立たないだろう。人は馬鹿だの愚かだのと言われれば腹が立つ。その人の丸ごとを否定することになるからな」

千秋はあっと声を洩らして頷いた。

「上様は乗邑様や弟君らに、暗愚《あんぐ》と誹《そし》られていたのですよね」

「そうだ。頭から暗愚だの将軍の器《うつわ》ではない、だのと決めつけられ、公言までされていたのだ。その口惜しさはどれほどであったか、おそらく我らにはわかるまいよ」

加門は、家重のいる城の方角を仰ぎ見る。

「上様にとって、乗邑殿と弟二人は、悪い意味で別格なのだ。おそらく、なにを以ってしても許すことのできないほどにな」

まあ、と千秋は口に手を当てる。

「身近なお人をそこまで憎まずにいられないとは……お気の毒です」

「うむ。だが、そうして深い苦渋を味わわれたからこそ、おやさしいお心も生まれたのだろう。傲慢《ごうまん》で人を傷つけるばかりの者は、思いやりなど持たぬからな」

ええ、と千秋は深く頷く。加門はくるりと向きを変えた。

「さあ、わたしは仕事をせねば。うかうかしていると八朔《はっさく》になってしまうからな」

「あら、お邪魔をしてしまいました。あとでお菓子をお持ちいたしますね」

千秋が出て行く。

加門は文机に向き直り、村で記した書き付けを手に取った。その下には、権左右衛門から預かった目安状が置いてある。

さて、どうしたものか……。加門はそれを見つめて腕を組んだ。

二

八月朔日《ついたち》。

新月の日を朔《さく》と呼ぶことから、一日《ついたち》を朔日とも記す。ために月の一日目はすべて朔日なのだが、八月は特別だ。天正《てんしょう》十八年（一五九〇）、徳川家康《いえやす》が江戸入府をした日が八月朔日であったため、江戸では祝日とされるようになったのだ。江戸城では正月に次ぐ祝いの日とし、八朔祝賀儀《はっさくしゅくがのぎ》が執り行われる。

加門は城表へと足を向けた。

遠くの廊下を将軍と御側衆が進んでおり、意次の姿も見える。

加門が登城してから、意次は八朔の準備で忙しく立ち働いて、結局、目顔の挨拶しか交わしていない。

しかたないな、と加門は祝いににぎわう城中を見ながら、つぶやいた。

将軍一行が大広間に向かう。

広間の座敷では、すでに多くの大名が祝意を述べるために待ち構えているはずだ。

加門は大広間に背を向け、表の廊下を進む。

大名の挨拶が終われば、次は旗本の番になる。控えの間が並ぶ廊下には、多くの旗本が行き交っている。皆、着物は白だ。

八朔の祝いには、白帷子《しろかたびら》を着ることが、早くから倣《なら》いとなっている。大名も旗本も、一様に白無垢《しろむく》の着物で登城して来るのだ。

加門は廊下の端をゆっくりと歩きながら、人々を見た。廊下や控えの間で、話し込んでいる者も多い。

加門の足が止まった。

廊下の向こうから、神尾若狭守春央がやって来る。白い袖を振って胸を張る姿は、いつも以上に晴れがましい。

その姿に、座敷から出て来た武士が声をかけた。

「や、これは神尾殿」

「おお、柿本《かきもと》殿、すでにおいでたか」

知己《ちき》らしく向かい合う。

談笑する二人に、加門はゆっくりと近づいた。

「代官が申しておりましたぞ、神尾殿の言われた、法は人よりも重いという言葉、ずいぶん重宝《ちょうほう》していると」

「ああ、あれは」神尾の顎が上がる。

「方々の代官らが、皆、使っているらしい。なに、わたしとしては至極当たり前のことを言うたまでなのだがな」

ははは、と笑い声を立てるに、柿本は小さく笑んでみせる。

「お城のお蔵を豊かにするなど、大した手腕。この先、さらなる御出世は間違いありませんな」

「いや」神尾は笑いを収める。

「わたしは御公儀のため働いておるのでな、己の出世が目的ではござらん」

胸を張る神尾に、柿本がしたり顔で頷く。

「おうおう、そうでしたな。よい仕事をすれば御加増を受けるのは当たり前のこと。いや、見習わねばと思うただけのこと」

ははは、と笑う。

そこにそっと近づく者があった。壮年で鬢も半分白い。

「若狭守殿」

やや腰を折って近づいたその男に、

「おお、杉田《すぎた》殿」神尾が首を伸ばす。

「今朝は結構な物を頂戴いたしした。礼を申しますぞ」

その言葉に、柿本は咳払いをして「失礼を」と離れて行った。

「いえ、つまらない物で」杉田がかしこまる。

「当家は今年、家督を倅に譲るつもりでおります。我が息子、いたらぬ者ですが、どうぞお引き立てください」

礼をする杉田に、神尾は、

「うむ、心得ておりますぞ」

大仰に頷く。

加門は前を向いたまま、その横を通り過ぎた。

角で振り向くと、神尾はまた別の男に呼び止められ、並んで歩いて行く。

法は人よりも……そう言っていた梨木村の手付水島の顔が思い出される。

村の報告書は、すでに探索を命じた高橋に提出済みだ。加門は神尾の背中を振り返りながら、その場を離れた。

廊下をひとまわりして、加門は大広間のほうへと戻る。

ちょうど広間から大名らが出て来たところだった。

それぞれに散るなか、数人が大廊下の上之部屋《かみのへや》に入って行く。

開いた襖から覗くと、中に宗武と宗尹の姿が見えた。加門は襖に身を寄せると、耳をそばだてた。

二人は将軍への挨拶はしないつもりらしく、動く気配がない。

「やや、これは田安様に一橋様、八朔の祝賀、今年もにぎやかでなによりですな」

どこかの大名の声に、宗武が笑いを含んだ声で返す。

「いや、父上が将軍であられた頃には、もっと厳粛であったのに、どうにも今年は軽いようだ」

弟の宗尹はあからさまに笑う。

「しかたありませんよ、兄上。正面に座るお人が、まともなお言葉を下すことができないのです。大名方もお困りでしょう」

兄弟の会話を、大名らは咳払いなどでやり過ごす。

「では、我が屋敷で祝賀をやり直すことにいたそう。皆様、いかがかな」

宗武の言葉に、「ああ、それは」と答える声があった。

「よし、では参りましょう、よい酒が届けられておりますぞ」

立ち上がった気配に、加門はその場を離れる。と、廊下の反対側に行くと、そっと振り返った。

宗武、宗尹に続いて、三人の大名が玄関へと歩いて行く。

肩で風を切るような兄弟の姿に、廊下にいた者達がたちまちに道を開けた。

ずいぶんと堂々としているな……。加門は遠ざかるうしろ姿を見送って、胸中でつぶやいた。


翌日。

中奥の廊下に人の足音が続いて鳴る。下城のために、ぞろぞろと人が出て行くためだ。加門も詰所から出ると、廊下の向こうに人影が立った。意次だ。

加門が寄って行くと、

「おう、間に合った」と、意次が笑顔になった。

「帰るのだろう、部屋に寄って行け」

ああ、と加門はさらに大きな笑顔で、部屋に付いて行く。

「上様はよいのか」

「うむ、大奥に行かれた、昨日の祝賀でお疲れなのだろう」

加門は衣紋掛《えもんかけ》に掛けられた白帷子を見上げる。

「そなたも忙しかったのだろう、屋敷に戻らないのか」

「ああ、疲れたから戻らない」

「なんだ、それは。普通、疲れたから戻るのだろう」

「わざわざ帰ればまた、わざわざ来なければならん。駒込《こまごめ》は遠いからな、面倒だ」

ははは、と意次は笑いながら、横に積んである木の箱を引き寄せた。

「菓子だ、食おう。なにしろ昨日の祝賀で、中奥は菓子だらけだ。大奥にもずいぶん持たせたが、あちらにもすでに献上されていてな。当分、菓子には困らないぞ」

開けられた箱には、真っ白い饅頭《まんじゅう》が並び、その頭には花の印が赤く鮮やかな色を見せている。

意次は茶碗に白湯《さゆ》を注ぎ、加門に差し出した。

「どら」と、饅頭を頰張った加門は、眼を細めた。

「おう、これはうまい、甘いな」

「そうだろう、誰の献上品であったかはもうわからないが、いずにしても大大名の菓子だ、町の饅頭とは違うのがしみじみとわかる。砂糖も小豆も、あるところにはあるものだな」

ああ、と加門は呑み込みながら、ふと梨木村の子供らの顔が浮かんだ。炒り豆や干し飯を大事そうに押し載いた小さな手が思い出される。

「それよりも」意次が真顔になった。

「そなたの報告書、読んだぞ」

「もう、上げられてきたのか」

「ああ、高橋殿がすぐに届けに来た。さすが御庭番は仕事が早いな」

「そうか、上様も読まれたのか」

「うむ、お読みになって大岡様とわたしにも渡されたのだ。そなたが記した陣屋の手付、水島という男はすぐに罷免するよう、命じられたぞ。小普請組《こぶしんぐみ》に落とされて、そこでおしまいだろうな」

首を振る意次に、加門は両の肩を上げた。

「それはよかった。あの手付には、村人がずいぶん難儀をしていたからな。で、目安状はどうなった」

権左右衛門から預かった目安状は、考えた末に報告書と共に出していた。

「ああ、それも上様は読まれた。老中を通して郡代屋敷に下されたはずだ。上様から直々に下ろされたとなれば、郡代も対応せざるを得まい」

「おう」加門は手を打つ。

「わたしも考えたのだ。郡代屋敷に持って行っても、郡代の手に渡るまでに日がかかるだろう。いや、そもそも訴えのすべてが郡代の目に届くのか、その辺りも怪しいと思うてな」

「ああ、関東郡代の伊奈半左衛門は代々の世襲。それほど悪い評判は聞かないが、世襲の役人は仕事が甘くなることが多いからな」

「うむ、第一、勘定奉行の支配を受けているあたり、それほどの期待はできまい」

顔を歪める加門に、意次も腕を組む。

「ううむ、そうだな……西国の騒動でも、役所はまったく取り合わなかったという話だしな。役所を支配する勘定奉行の方針が役人らを縛るのだから、下からの訴えに聞く耳持たなくとも、不思議ではないな」

「ああ、だからこそ上様から下されれば、いかなる郡代であろうともちゃんと目安も読むだろうと踏んでな、郡代屋敷には持って行かなかったのだ」

「そうか、その判断は正しいと思うぞ。この先は、村の実状も報告されるだろう。まあ、だからといって……」

意次は饅頭をつかんだ手を宙で止める。

「そうだな」

加門も齧《かじ》った饅頭の餡《あん》を見つめる。

「大きな増収をもたらした政策が簡単に変わるとは思えないな」

「うむ」意次が饅頭をまわして裏を見る。

「もっと根底から、方策を変えたほうがよいのだがな」

横、斜め、と向きを変えながら、意次は饅頭を見つめる。

「そなたなら考えつくのではないか」加門は意次の端正な顔を見つめる。

「あっ、そういえば」

「ん、なんだ」

「そなた小姓頭取になったのだろう、祝いを言おうと思っていたのだ」

「ああ、なんだ、そんなことか。大岡様が昇任されたから順番が来ただけだ、わたしの手柄ではない」

「なにを言う、そなたゆえだ、ほかにも小姓はいるのだから……あ、しかし……」

口を噤んだ加門に、意次は首を傾げる。

「む、次はなんだ」

「いや、出世したとなれば、婚姻《こんいん》の話が進むであろう」

「ああ、それか……確かに、決まった。前から話のあった相手が強く出たので、それで決めた」

「やはりな、早い者勝ち、というところだろう」

加門の言葉に意次が苦笑する。

「なんだ、勝負みたいじゃないか」

「それはそうだろう、我らと違って、旗本や大名家の婚姻は勝負と同じ。姻戚で出世が左右されるのだ。まして上様のお覚えめでたい御小姓とくれば、渡してなるものか、となるのが普通だろう。で、どこの誰だ」

「ああ、大番組《おおばんぐみ》の黒沢定紀《くろさわさだのり》殿の娘御でな、紀代《きよ》殿というのだ」

「会ったのか」

「うむ、おとなしいがしっかりとしてそうな娘だ。まだ、婚礼の日取りは決まっておらん。後添《のちぞ》いでもあるからな、簡単にすませようと思う」

「そうか」加門は饅頭を嚙る。

「めでたいことが続いてなによりだ。そうだ、うちの父と千秋もそなたの出世を大層喜んでいたぞ」

「そうか、久しく会っていないな……できれば家にでも行きたいものだが」

御庭番の御用屋敷は、人の出入りが禁じられている。

加門は肩をすくめた。

「よろしく伝えておくよ」

「ああ、頼む。まったく、武家というのは面倒なものだな」

苦笑を交わして、二人は饅頭を頬張った。

三

「すっかり涼しくなりましたねえ。夜は寒いくらい」

光代が夕餉の膳を置きながら、言う。その前に座りながら、友右衛門も頷いた。

「うむ、もう八月も終わりだからな」

千秋も加門の膳を調えて、微笑む。

「どうぞ召し上がれ。青菜のおひたし、おいしゅうございますよ」

上に乗せられたかつお節から、よい香りが立ちのぼる。

へえ、と顔を寄せる加門に、光代が、

「ようく味わいなさいな。それは上級品。八朔に千秋さんの御実家、村垣家《むらがきけ》からいただいたものです」

「そうでしたか、確かに香りが違う、ありがたい」

笑顔になった加門に、千秋も返す。

「うちも宮地家からよい昆布《こんぶ》をいただいた、と喜んでおりました」

友右衛門は箸を動かしながら、

「八朔の贈り物も、面倒なようだがよいところがあるな」

と、笑う。光代は小さく肩をすくめた。

「はい。なれどお旗本などは上役への贈り物で大変でしょうね。徳川様のお祝いとなれば、いろいろと気遣うことも多いでしょうし。どなたがはじめられたのやら」

「あ、それは」千秋が顔を上げる。

「もともとは農家で稲穂を贈り合ったのがはじまりだそうですよ。八朔の頃にちょうど稲が実をつけはじめることから、それを喜び合って」

「へえ、物知りだな」

加門の言葉に千秋は小さく笑う。

「いいえ、爺様《じじさま》に教えられたのです。稲は田の実と言いますでしょう、で、頼みという言葉をかけて、武家のあいだにも広まったそうです。頼みの相手に贈り物をする、ということで」

「なるほど」感心しながら、加門は削ったかつお節を青菜とともに含む。

「ああ、香りだけでなく、味もいい」

「ああ、うまいな」父は妻を見る。

「しかし、八朔のもらい物ならば、もっと早くに出せばよかったろうに、今頃になって……」

「まあ、なれどもったいないではありませんか。なかなか、削る勇気が出なかったのです」

「なんとも、貧乏性だな」

友右衛門の失笑に、光代がつぶやく。

「貧乏性ではなく、ただの貧乏」

加門はぎょっとして父の顔を見た。案の定、口がみるみる歪んでいく。

「あら」と光代は口元を押さえ、ほほほ、と笑い声を立てた。

「まあまあ、思うたことを口にする癖がついてしまいました。なれど、口に出すとすっきりしますこと」

むっ、としながらも友右衛門は言う。

「ふむ、まあ憮然《ぶぜん》として睨まれるよりはよい」

千秋は双方の顔を見比べる。

「あら、村垣家では貧乏という言葉、常日頃から口にしておりました」

「まあ、そうなのですか」

光代の驚きに、千秋は屈託なく頷く。

「はい、爺様はいつも言うておられましたから。怠けての貧乏は恥ずべきことだが、精進しての貧乏は恥じることではない、と」

「なるほど」

加門が村垣家の吉翁《きちおう》の皺深い顔を思い出していると、千秋はそれに応えるように、姿勢を正した。

「爺様はこうも申しておりました。貧乏は恥ではない、貧乏を隠そうとする心根が恥なのだ、と。ですからわたくし、おからを買うのも恥ずかしいと思いません」

おうおう、と友右衛門が頷く。

「そうか、さすが吉翁、よいことを言われる」

「ええ、やはり千秋さんをもらってよかったこと」

光代も目を細める。

千秋は照れくさそうに、肩をすくめた。

「あの、そういえば、探索に行ってらした野尻様と西村様も戻られたそうですよ。夕刻、お見かけしました」

「ほう、そうか」父が箸を止める。

「あの二人は、途中、病を得たとかで戻りが遅れていたからな。これで、家の皆も安心したろう」

そうか、と加門も箸を止めた。これで、上様に命じられた探索は、すべて終了だな。報告書も九月の初旬には読まれることだろう……。

加門は城の方角を横目で捉えた。


九月中旬。

本丸中奥の庭を歩いていた加門は、数人の足音に振り返った。

先頭を歩くのは大御所吉宗だ。

加門は慌てて脇に下がり、膝をついた。

礼をする家臣らのあいだを抜けて、吉宗は中奥の戸口へと向かう。

自らお出ましとは、珍しいことだ……。加門は一行を見送りながら、つぶやいた。

数日後。

登城した加門が御庭番詰所へと廊下を進んでいると、前方で人影が揺れた。手を振っているのは意次だ。

来い、と招く手に誘われて行くと、

「部屋に」

と、袖を引かれた。

「なんだ」

小声で問う加門に、意次も小声で答える。

「うむ、知らせておきたいことが二つある」

「ほう、なんだ……そういえば、先日、大御所様がお越しになっていたが、それと関わりがあるのか」

「ああ、知っていたのか。まさに、そのこと」意次が腕を組む。

「実はな、大御所様から上様に命《めい》が下されたのだ。田安家と一橋家に、それぞれ十万石が下されることになってな」

「十万石か……立派な大名だな」

加門は言いながら、八朔の日の二人のようすを思い出した。そうか、それが決まっていたから、あのように堂々としていたのか……。

「ああ」意次が頷く。

「これで宗武様も宗尹様も大名家の当主。立場がぐんと強くなる」

「そうか」加門も腕を組んだ。

「それは将軍の御下命という形になるのだな」

「ああ、大御所様の御意向だが、立場上、命《めい》として下すのは上様ということになる。苦いお顔をされてな、なかなか御機嫌が直らん」

「それはそうだろうな。お気持ちはわかる気がするぞ」

うむ、と意次も頷く。

「宗武様も宗尹様も、これでまた勢いがつくだろう。登城禁止も解かれたゆえ、よく本丸にもお見えだ。大名方ともますます親しくつきあおうとなさるだろうな」

「そうだな……しかし、すでに将軍は上様だ。以前のようにはいくまい」

「ああ、まあな。しかし、最近では一橋家に近づく者が増えているらしい。田安家はお子が次々に亡くなり、男子は一人も育っておられないだろう。だが、一橋家では跡継ぎが健《すこ》やかに育っているからな、将来の目がある、と皆は読んでいるのかもしれない。八朔の祝いでも、贈り物がずいぶん増えた、と意誠《おきのぶ》が言っていた」

意次の弟の意誠は、一橋家で小姓務めをしている。

「なるほど、武家は先を読むのも保身と戦術のうちだからな、ありえることだ」

加門は片目を細めた。

「それはいつ発布されるのだ」

「三日後だ。老中から重臣らに伝えられる。十万石ともなれば、家臣を増やす必要も出るだろうからな、各役所から人を派遣することになるだろう。表は忙しくなるだろうな」

意次はふっと息を吐く。が、その顔を弛めると、加門の肩をつかんだ。

「だが、もう一つはいい話だ」

「そうなのか、なんだ」

「うむ、明日、巳《み》の刻（昼十時）に御殿勘定所に行ってみろ。いいものが見られるぞ。老中の堀田様がお出ましになる」

「お出まし、わざわざか」

「ああ、まあ、それは見ればわかる。上様がそうせよ、と仰せになったのだ」

「上様が……堀田様は松平乗祐殿と国替えになり、佐倉藩主についたお方だな」

「うむ、聞いたところによると、堀田様は松平乗邑様が老中の頃から、与《くみ》することはなかったそうだ」

「なるほど、だからこそ国替えの対象とし、老中にも抜擢されたわけか」

「そういうことだろう。明日はわたしも見届けに付いて行くよう、上様から言われている。勘定所で会おう」

意次は肩に置いた手で、ぽんと叩いた。


翌日、巳の刻。

加門は言われたとおり、御殿勘定所に向かい、少し手前の廊下に立った。

すでに伝えられているらしく、勘定所の中はしんと静まりかえっている。巳の刻を知らせる太鼓《たいこ》の音が響くなか、老中一行が廊下の奥から現れた。背後には意次の姿があり、目付も付き従っている。

一行は中へと入って行く。

意次の目配せで、加門もそっと廊下の隅に歩み寄った。

立ち止まった老中堀田の前に、神尾春央が低頭しているのが見える。

堀田が巻紙を広げて、読み上げる。

「勘定奉行神尾春央、これまで差配を任せてきたが、その権限を縮小する。今後は決め事にあたり、ほか三人の勘定奉行と必ず協議すべし。また、協議の上の政策はきっと老中に伺《うかが》いを立て、許しを得るべし。勝手専横《かってせんおう》はこれを罰す」

堀田が神尾を見る。

「あいわかったか」

「はっ、承知いたしました」

さらに深く頭を下げる神尾に、堀田は巻紙を巻いて渡す。押し頂いた神尾の手が小さく震えて見えた。

伏せた顔は窺えないが、力のこもった手には悔しさが見てとれた。これはお叱りと同じ。なるほど、だからあえて皆の前で行ったのか……。加門は堀田が出向いた意をくみ取った。皆が知らされたのだから、もう勝手は許されない。神尾の仕事は制限されていくだろう。加門はそう考えつつ、廊下の端に身を引いた。

老中一行が出て来る。

互いの目と目で、加門と意次は頷き合った。

四

中奥の詰所に入っていくと、机に向かっていた栄次郎が振り向いた。

「おはよう」

「おはよう、早いな」

加門はその背後から、机上に広げられた白い紙を覗き見る。机に置かれた紅葉《もみじ》の小枝を描き写していたらしい。すでに十月となり、庭の葉はすっかり色づいていた。

「なんだ、絵の修業か」

加門は横に座る。

栄次郎は梨木村の報告書に多くの絵を添えて出していた。村で描いた子供らの姿に加え、見てきた家の内外のようすを細かに描き、高橋与三郎に渡したのだ。それは将軍の手に渡り、栄次郎の絵は「よくわかる」とお褒《ほ》めを受けた。以来、御庭番衆によって、栄次郎は絵の修業を許されたのだ。

「ここには筆も墨もたくさんあるからな。それに家だと、いろいろ邪魔が入るだろう、絵を描くにはこちらのほうがいいのだ」

「なるほど」加門は首を伸ばして、描きかけの絵を見る。

「よく描けてるな」

そうか、と栄次郎は照れ笑いを浮かべる。が、すぐに真顔になって、膝の向きを変え加門と向き合った。

「そういえば、昨日、城表で神尾春央……殿を見かけたぞ。先月は少し肩を落としていたが、もう胸を張って歩いておった。我らの探索で、罷免にでもなるかと思って期待していたのだがな」

「いや、まあそれは……ほかの勘定奉行は近年、隠居されたり急に亡くなられたり、ということが続いたからな。神尾殿が一番の古株となったし、これまで率いてきた実績もある。あのお方がいないと勘定所がまわらないというのが実状だろう」

「ふうむ、そうなのか。だが、西国での騒動も、神尾殿の強引なやり方が原因なのだろう。その罰は受けないのか」

「それは松平乗邑公に被せてすんだ、ということだろうな。実際、神尾殿を片腕としていたのは乗邑公なのだから、責任を取らされても筋違いではない。まあしかし、神尾殿にお咎めなしというのも理不尽ゆえ、あのようなお叱りをなさったのだろう。皆の前で叱るなど、武士の面目を考えればかなり厳しい罰だ」

加門の言葉に、ううむ、と栄次郎は筆で顎を突く。

「なるほどな。しかし、村の百姓衆のことを思うと釈然とせんな。あの有毛検見法はこの先も続くのだろう」

「続くだろうし、もっと多くの地で導入されるだろうな」

「えっ、我らが百姓衆の窮状を報告したのにか」

栄次郎は身を反らす。

加門は小さく苦笑した。

「確かに、村人の困窮は事実、だが、それによって御公儀のお蔵が豊かになったのも事実。困窮するわけにいかないのは、御公儀とて同じ、ということだ」

ううむ、と栄次郎は頭をかきむしる。

「そうか、そうなのか……だが、なんとも腹がむずがゆい」

「まあ、神尾殿の力は削られたのだから、この先は徴税のしかたも、もう少し緩くなると思うがな。神尾殿は刃向かった者は死罪以下に処せよ、などと公言していたが、百姓衆が減って困るのは御公儀だ」

「そう、そうだよな。あの子供らにちゃんと大きくなってもらわなければ、皆が困るのだ」

筆を振り上げる栄次郎に、加門は微笑む。

「あの子らのことはわたしも思い出すよ」

「やはりそうか。あの中風の母御、また動けるようになるといいがな」

「ああ、大丈夫だろう。それほど重い麻痺ではなかったし」

「そうか、だが皆、やせていたしな。飯を食うときに思い出すと、喉が詰まる。もう少しなんとかならんものかな」

上を向いて身体を揺らす栄次郎に、加門は頷いた。

「手付の水島大五郎は罷免されたし、村の窮状を訴えた目安は上様から郡代に渡された。少しはよくなっているだろう」

「そうか、ならばよいがな」

栄次郎は顔を西に向ける。

加門もそれにつられ、ずっと西の先にある村を思い起こした。

城から下がり、町へと繋がる数寄屋橋御門《すきやばしごもん》を出ると、加門は肩の力を抜いた。城中では常に伸びている背筋も、城外に出るとやや弛む。

御用屋敷の方向へ歩き出した加門は、その足を止めた。駆け寄ってくる人の気配を背中に感じたためだ。

「宮地様」

振り返ったのと呼びかけは同時だった。

ああ、と加門は向き直る。

愛宕山で仲間に腕を斬られた竹熊源三郎だ。医学所で千代と共に対面して以来、会っていなかった。

竹熊のあとから、少年が付いて来る。が、それを手で制して「そこで待て」と止めると、竹熊は一人、加門に寄って来た。

加門はその腕を見る。

「怪我の具合はどうですか」

「はい、おかげさまでなんの不自由もありません」そう言って、腕を振り上げる。

「いや、その節はお世話になり申した」

頭を下げようとする竹熊を、加門は制する。

「いや、よいのです。えっと……そのことで待っていたのですか」

「ああ、いえ、これは偶然……実は、松平乗邑様の御配下だったお方に会えないかと、来てみたのです」

加門は眉が寄りそうになるのを抑えた。

「それはまた、なにか……」

「ああ、いえ」竹熊は姿勢を正す。

「以前、お屋敷でお目にかかったお方がいたものですから。幕臣で顔を見知っているのは、その方くらいで……いえ、しかし、宮地様がおりました。ここでお会いできるとは、まさに僥倖《ぎょうこう》」

「幕臣に、なにか御用なのですか」

加門は離れて控えている少年をちらりと見る。少年もこちらを見ている。

竹熊はそれに頓着《とんちゃく》せずに、北の方角を見た。

「田安様と一橋様が、十万石の大名になられましたな」

「ああ、そうですね」

「そこで」竹熊が上体を乗り出す。

「新たに御家臣を召し抱えられるのではないか、と思ったのです。で、どなたかにお口添えいただけないかと」

「ああ、そういうことですか」加門は今度こそ眉を寄せた。

「残念ながら、新たな仕官はありえません。田安家も一橋家も、独自の家臣を召し抱えているわけではなく、幕臣があちらに配されているだけなのです」

「お……そうなのですか」

「ええ、十万石といっても、ほかの大名方とはありようが違うのです」

加門の言葉に、竹熊源三郎はあからさまに肩を落とす。

「はぁ、それではなんとも……わたしは年なので無理だとしても、若い者なら、と思ったのですが」

加門は背後の少年を見る。

少年はこちらと目を合わせたまま、つかつかと寄って来た。

「源三郎様、この方は」

「ああ、知り合いだ、帰るぞ」

手を払うように振って、竹熊は少年に首を振る。が、少年は進み出た。

「先ほど、宮地様とお呼びしてましたよね。もしや、御庭番の宮地加門様なのではないですか」

しまった、というように顔を歪めて、竹熊が加門を見る。

加門はあっという声を飲み込んで、まだ背の伸びきっていない少年に向き合った。

「いかにも、わたしは宮地加門だが」

少年はぐっと唇を嚙んだ。

「わたしは亡き豊村左馬之助の嫡男、豊村吉之助と申す」

やはりそうか、と加門は得心した。面立ちが母の千代によく似ている。

吉之助は一歩、足を踏み出した。

「我が父を斬ったのは、宮地加門、と聞いております。なれば、わたしにとっては父の仇」

拳を握る吉之助に、

「これ、やめろ」

と、竹熊が腕で前を制す。

「お役人も言うていたであろう。左馬之助の怨みは筋違い。宮地様に科《とが》はないのだ」

「しかし」吉之助はなおも進み出る。

「斬られて死んだのは事実、そして斬ったお人はこの方ではないですか」

吉之助の息が荒くなる。

「わたしは父より武士としての心構えを教えられました。豊村家の誇りを傷つけてはならぬ、と言われて育ったのです。それが……その父が斬られたのです。わたしはその屈辱を雪《そそ》がねば、父上に顔向けできません」

加門は声を低めて真っ直ぐに吉之助を見た。

「父上のことはすまなかった。わたしの腕がもっと確かであれば、命を奪わずにすんだであろう」

くっ、と吉之助が睨みつける。

「よせ」竹熊の声が荒らいだ。

「そなたはまだ十四、世の道理がわかっておらぬのだ」

「いいえ、武士の道理は弁《わきま》えております」

「なにを……口を慎《つつし》めっ」

怒声になった竹熊を、周囲の人が見る。慌てて咳を払うと、竹熊は吉之助の背を押した。

「そら、帰るぞ」

叩くように、その背を押す。

加門に礼をすると、竹熊は動こうとしない吉之助の腕をつかんだ。

「御無礼いたした」

「さあ」

腕を引き、町へと歩き出す。

吉之助は三度、振り返り加門を見た。

加門は踵を返すと、御用屋敷への道を歩き出した。そしてやはり一度、振り返った。

五

十一月。

中奥の詰め所に、廊下を走る音が響いた。

「大変だ」飛び込んで来た野尻が、皆を見る。

「大御所様がお倒れになった」

なに、と皆が立つ。

加門は一足先に廊下に飛び出した。

すでに幾人もの人が駆けまわっている廊下を行くと、将軍の一行が本丸の玄関へと向かっている姿が見えた。忠光や意次が付き従っている。

出て行く姿を見送って、加門は中奥の戸口へとまわった。

北桔橋御門を抜けて、濠沿いに西の丸へと向かう。

裏側から西の丸の庭に入ると、その先に片隅で話す三人の人影が見えた。御庭番衆であり、うち一人は父の友右衛門だ。

加門が駆け寄って行くと、気づいた父が手招きをした。

「ちょうどよいところに来た」

「大御所様は」

息を整える加門に、父が眉を寄せる。

「今、奥医師が診ている」

「倒れられたというのは、どのような……」

「うむ」馬場《ばば》が言う。

「聞いたところでは、突然、崩れるように気を失われたそうだ」

「気を……では、そのままなのですか」

「そうらしい」西村が答える。

「皆で褥《しとね》に運んだそうだ」

「加門」父が腕を組む。

「そなた医者見習いにまでなったのだ、どのようなことなのかわかるか」

む、と加門は眉間を狭めた。

「おそらく中風であろうと思います」

「中風か。この先、どうなるのだ」

集まる三人の眼を避けるように、加門は西の丸御殿の中奥に目をやった。

ちょうど将軍の一行が入って行こうとしている。

「そうですね、中風の場合、そのまま目を覚まさなければ、数日内に息を引き取ることもあります」

「なんと」

「いえ、皆が皆、そうではありません、もっと長い日にち眠ったあとに、目を覚ます人もいます」

む、と三人は顔を見合わせる。加門は手を上げた。

「なれど、すぐに目を覚ます人も少なくはありません。こればかりは、成り行きを見守るしかないのです」

「ふうむ」馬場が顔を歪める。

「目が覚めたあとはどうなのだ。中風で寝たきりになる者もいるし、半身が不自由になる者もおるであろう」

「はい……それも目が覚めてみなければ、わかりません。目が覚めてから、どの程度の麻痺が起きているか、調べるのです」

「麻痺か」父の顔も歪む。

「それはよくなるのか」

加門はぐっと詰まった。

「よくなるかどうか……麻痺の重さによって違います」

「なんとも、頼りのない話だな。医術などそのようなものか」

苦々しげな西村の声に、加門は首を振った。

「はい、医術といってもしょせん人の知恵。人の身体の不思議さには、とうていかないません。ですがその不思議さで、回復もするのです」

「よくなるのか」

「ええ、中風の麻痺は、その後の手当てで回復する人も多いのです。周りや本人がどこまで頑張るかにもよりますが、元どおりになった人を診たことがあります」

「そうか」

三人の声が揃う。そして、その目が御殿に向いた。

「回復なさっていただきたいものだ」

「大御所様はこれまで重い病など得られなかったのだ、大丈夫であろう」

「そうだな、ずっとご壮健でこられたのだ」

はい、と加門も頷いて御殿を見る。と、目が引き寄せられた。

一橋家の宗尹がやって来たのだ。走って、戸口に飛び込んで行く。そのあとから、小姓の意識も入って行った。

さらに、田安家の宗武もやって来た。やはり供と共に御殿に駆け込む。

が、中から荒立つ声が響いた。

「待てとはなにごとか」

「無礼者め」

御庭番の四人はそっと顔を見合わせた。

「上様がおられるからな」

西村の言葉に馬場が頷く。

「ああ、御下命で止めたか、あるいは家臣の忖度《そんたく》か」

「そうだな、上様はお二人にはお目通りを許されていない、というしな」

父の言葉に、加門が続けた。

「お二人の顔を見たくないのでしょう」

「これ」と父の声が尖る。

「そのようなことを申すでない」

「まあ、よいではないか」

そう言う馬場に、西村も続ける。

「うむ、皆、知っていることだ」

加門は父に頭を下げながら、御殿を見た。

出て来る人、駆け込んでいく人と、出入りは激しく続いていた。


数日後。

再び廊下に足音が響いた。

「大御所様がお目を覚まされたそうだ」

駆け込んで来た者の大声に、

「なに」

「真か」

「なんと、めでたい」

詰所にも大声が響いた。

「よかった」

加門も大きく息を吐く。が、問題はこの先だな……。そうつぶやいて、加門は腰を上げた。

第五章　大御所《おおごしょ》の決断

一

明けて翌年、延享四年（一七四七）。

正月が過ぎ、二月の節分もすでに過ぎて久しい。

加門は西の丸の庭へと向かっていた。

父の友右衛門の姿を探すが、見えない。加門は吹上の御薬園へと足を向けた。

薬草にくわしかった家康が作らせた御薬園を、広げて整備したのは吉宗だ。薬草を扱う本草学《ほんぞうがく》にも造詣《ぞうけい》が深く、人参《にんじん》の栽培にも力を注いだ実績もある。この御薬園では育たなかったが、日光《にっこう》では栽培に成功し、多くの種が各大名にも配られた。将軍より賜《たまわ》った種は御種《おたね》と呼ばれ、御種人参とも通称されるようになった。

　加門が近づくと、思ったとおり、畑にしゃがむ父の背中が見えた。もともと薬草にくわしい宮地家は、御薬園の手入れも手伝っている。春の芽吹きが畑のあちらこちらに見てとれた。

「父上」加門は父の背中に声をかける。

「手入れですか」

　息子の声に振り返った友右衛門は、おう、と立ち上がった。

「うむ、大御所様にお出しする薬草を育てねばならぬからな」

「いかがなのです、大御所様のごようすは」

　お城の大事を、家で話題にすることはできない。加門の問いに、父は西の丸御殿のほうを振り返った。

「ずいぶんとよくなられたようだぞ。なにしろ御側衆に加え、奥勤めの旗本八十人以上が、つききりでお世話をなさっているからな。お膳の物をお口に運ばれたり、お着替えを手伝ったりと、皆様、それはようなさっておられるそうだ」

「へえ、それは……右手はまだ、強《こわ》ばったままなのでしょうか」

　麻痺は右半身に現れ、右腕は鳩尾《みぞおち》の前で曲がったままだ、と聞いていた。

「いや、それがな、ずいぶんと動くようになられたようなのだ。御側衆の方々が毎日、腕や脚を揉んで差し上げて、強ばりがやわらいできているらしい」

「ああ、それはよかったですね。お口のほうはどうなのでしょう、聞いてますか」

麻痺は顔にも及び、言葉がうまく出せないということが、本丸にも伝わっていた。

「いや、それもな、皆様のお世話でよくなっているようだ。はじめの頃はお口を閉じるのも難しかったようだが、今では多少のお言葉も発せられるという」

へえ、と加門も西の丸に顔を向けた。

「やはり手厚いお世話が効くのですね」

「いや、そればかりではあるまい。なにしろあの大御所様だ。お気は強いし意志も強固、おまけに負けず嫌いであられる。そのご気性が、回復を早められているのであろうよ」

「ああ、確かに。病はあきらめの早い人ほど治りが遅い。将翁先生もそうおっしゃっていました」

「そうか、あきらめぬ気持ちが力になるのだな。なれば、大御所様は大丈夫だ。なにしろ、将軍としてほぼ三十年、さまざまの困難に処してきたお方。病にも強く対処なさるであろう」

「そうですね。六十を過ぎているとはいえ、元が頑健《がんけん》なお身体。きっと以前のようにお元気になられるでしょう」

　加門は声を低めて、父にそっと顔を寄せた。

「上様は、頻繁にお見舞いにいらしているようですね。田安様と一橋様も見えていますか」

　ああ、と父が頷く。

「上様はお忙しい身であられるから、西の丸にお運びになるのは午後。田安様や一橋様は、朝から昼前にお見えになっている。お二人で見えることも多いぞ、薬やら滋養物やら、いろいろな物を供に持たせてな」

　友右衛門は荷物を抱えるように、腕を前で丸くする。

「そうですか。大名方の献上品も多いのでしょうね。田安様や一橋様に近づくよい機でもあるわけですし」

「ふむ、そうさな。十万石を賜れば、ご当人も周囲も変わるだろう。西の丸の人々もお辞儀が深くなったぞ」

　父が小声で言う。

　加門は本丸に目を向けた。その変化は、上様のお耳にも届いているのだろうな……。そう思うと、眉間が微かに寄った。

三月。

本丸中奥の廊下を小走りの足音が響いた。

御庭番詰所にも聞こえてきたその音に、加門らは廊下へと出る。

「なにごとだろう」

栄次郎のつぶやきに、加門は「聞いてくる」と歩き出した。

小走りの役人は、出て来た者らに袖をつかまれていた。

「慌ててどうした」

「ああ、大御所様が……お床上《とこあ》げをされたのです」

「なんと……」

皆が集まって来るなか、役人が顔を巡らせる。

「快癒《かいゆ》されたということで、お褥《しとね》を離れられたそうです」

「おお、それは」

「うむ、めでたい」

皆がそれぞれに声を上げはじめる。

役人は会釈をして、さらに奥へと行く。将軍の御側衆に報告するためだろう。

加門は詰所に戻って、皆に伝えた。

御庭番衆も、喜びを顕《あら》わにする。

それに背を向けて、加門は本丸を出ると、西の丸へと駆けた。

御殿の前の庭に、父の姿を見つけ、駆け寄る。

「おう、聞いたのか、早いな」友右衛門は手を上げた。

「見ろ」

中奥の廊下が開け放たれている。

奥からゆっくりと、右側を支えられながら、吉宗が出て来る。

「もうお歩きになれるとは……」

「ああ、ああして支えられてだがな。この数日、いくどか廊下でお姿をお見かけしている。ゆっくりと端から端まで歩いておられるのだ」

父が眼を細める。

廊下の光の下に立った吉宗が、大きく息を吸い込むようすが見てとれた。

その顔を上に向け、空を見上げる。

その庭の端から、人々が現れた。将軍の一行だ。

家重が、目元に笑みを浮かべて、父に近寄って行った。

二

四月も半ば過ぎ。

将軍からのお呼びを受けて、加門はいつもの部屋へと出向いた。

すぐに入って来た意次が、小声で口を開いた。

「すまん、上様にそなたの父上の話をしてしまったのだ。大御所様のために、西の丸の庭の小石を除《の》けていると言うていたであろう」

「ああ、あれか」

大御所吉宗は日々、回復に努《つと》め、身体を動かしている。廊下を歩くだけでは収まらずに、最近では庭をも歩くようになっていた。まだ右足を引きずるために、躓《つまず》いたりしないようにと、友右衛門は小石を拾い、道を平坦にするよう努めている。西の丸を訪ねた加門がそれを見て、意次に話したのだ。

「そうしたらな……」

言いかけたところに、襖が開いた。

家重と大岡忠光が入って来る。

低頭する加門に、家重が口を動かすまでもなく、忠光がその意を言葉にした。

「よい、面を上げよ」

忠光は家重に頷いて、穏やかに加門を見る。

「そなたの父宮地友右衛門の忠心を聞き、上様はお喜びになられている。そこでだ、そなたも父を手伝え、と仰せなのだ」

は、と加門はためらったのちに、頰を弛ませた。

「はい、お許しいただけるのであれば喜んで。非番の日に手伝いに行こうかと考えておりましたので」

「そうであったか、では、しばらく西の丸に詰めよ」

そう言って忠光が顔を向けると、家重は頷いた。そのまま目顔で、さらに頷き合う。

忠光は声を改めると、一つ、咳を払った。

「それとだな、西の丸においては、来訪者に気を配るのだ。特にこの先、一橋様が訪れるやもしれぬゆえ、その折にはようすをしかと見るのだ」

一橋様……。加門はあえて上げられた名を喉の奥で反芻《はんすう》し、

「はっ、承知いたしました」

と、改めて低頭した。

「なにかあれば、この意次……主殿頭《とのものかみ》に伝えよ」

忠光が小さく手を上げると、意次と加門は「はっ」と声を揃えた。

「では、頼んだぞ」

そう言って、三人は立ち上がる。低頭した加門はちらりと意次と眼を交わして、目顔で頷き合った。

足音の遠ざかった廊下に出ると、加門は詰所へと戻りながら、受けた命《めい》を腹の底へと収めた。

西の丸か……しかし、あえて一橋様の名を出されるのには、なにかわけがあるのだろうか……。加門は考え込みながら、詰所へと歩き続けた。そこに背後から声がかかった。

「これ、加門」

高橋与三郎が近づいて来る。宿直《とのい》のために、今、出仕してきたのだろう。手には弁当の風呂敷包みを持っている。それを左手に持ち替えると、高橋は懐に手を入れた。

「そなたにと預かったものがある」

取り出したのは封をされた書状だ。表に宮地加門殿と記されている。それを押しつけながら、高橋は顎で外を示した。

「数寄屋橋御門の門番が預かったそうだ。で、今しがた通った折に、わたしに託されたというわけだ。確かに渡したぞ」

高橋はそう言うと、詰所へと向かっていく。

誰だ……と、加門は廊下の端に寄り、手にした書状の封を切った。中の巻紙を広げて、明るいほうに向ける。

文字を追いながら、あっ、と加門は声を上げた。

そうか、ちょうど一年になるのか……。巻紙を握りしめると、加門は眉間に皺を刻んだ。


「その石は埋まっているのだ」父が加門の手元を見て言う。

「埋まった石が一番危ないからな、これで掘れ」

小さな鋤《すき》を差し出す。

西の丸に出仕するようになって二日目の加門は、まだ手際が悪い。受け取った鋤で土を掘ると、ようやく石が取れた。

「おう、取れたか。穴は塞《ふさ》いでおけよ。穴も石と同じに危ないからな」

そう言いつつ、友右衛門は立ち上がって腰に手を当てた。

「さあ、今日はもういい、帰るぞ。皆、下城している」

「あ、いえ」加門も立って汗を拭う。

「今日は行くところがあるので、父上はお先に」

「む、そうか。遅くなるのか」

「いえ、それほど遅くはならないと思います。戻ってから飯を食うので、千秋に伝えおいてください」

「ふむ、わかった」

行き先を問いたいがお役目なのかもしれぬ、と父の顔に思いが浮かぶ。加門が「すみません」と、顔を伏せると、父は襷《たすき》を外して歩き出した。加門もゆっくりと襷をほどくと父を見送り、遅れて城を出た。

城を背に南へと向かう。

やがて愛宕山が見えてきた。

急勾配の出世の階段を上り、愛宕権現の社《やしろ》から左へとそれる。

まばらに立つ木のあいだを歩きながら、加門は深く息を整えた。

その先にあるのは一年前、山之内兵衛と豊村左馬之助の二名と立ち合った場所だ。

加門は懐の書状をつかみ出すと、ぐっと握りしめる。認《したた》められていたのは果たし状であり、そこにこの日時が指定されていたのだ。

木立を抜け、加門は立ち止まった。

前方、黄昏《たそがれ》の空の下に、人影が動いた。

「来たか」

人影が仁王立ちになる。白い襷を掛け、鉢巻きをした豊村吉之助だ。

加門は果たし状を前に突き出すと、

「御公儀に届け出のない果たし合いや仇討《あだう》ちは御法度だ」

そう言い放つ。

が、吉之助は柄《つか》に手をかけた。

「届ければ許しが得られぬのはわかったこと。だが、わたしは父の無念を晴らしたいのだ」

「仇討ちは返り討ちにもなりうる。そうなれば、無念が二代にわたることになるぞ」

聞き分けの悪い弟を叱るように、加門は穏やかに言う。吉之助は今年で十五歳、元服の年だ。それを待っていたのだろう。そして、父の一周忌に合わせたに違いない。

「かまわぬっ。泣き寝入りこそが武士の恥。返り討ちになろうとも、悔いはない」

吉之助の顔は真剣だ。が、身体はまだ大人にはほど遠い。加門はその細い手足を見つめた。心構えと口先は一人前の武士だ。父はよほどこの息子の成長に心血を注いだのだろう……。

吉之助が鯉口を切る。

加門は果たし状を懐に戻すと、その手をゆっくりと柄にかけた。

吉之助が刀を抜く。と、やあっ、と高い声を上げた。

ぬるいな……。加門はその構えを見て、腹でつぶやく。

「いえぇーっ」

吉之助が上段の構えで突っ込んで来る。

加門はすっと横に身を躱した。

空振りをして、吉之助の身体が前にのめった。

「くっ」と振り向いて、

「尋常に勝負せよ」

と、口を開く。

加門は息を吐いて、刀を抜いた。

ゆっくりと正眼に構え、吉之助を見据える。

ぐっと唇を噛んで、吉之助が刃を斜めに下ろす。と、地面を蹴った。

加門はまた身を躱すと、手の中で柄をまわした。と、横を過《よぎ》る吉之助の手首に、峰を振り下ろした。

吉之助の手から、刀が落ち、膝をつく音と重なった。

「くっ」

手を伸ばし、再び柄を握ったそのとき、

「吉之助」

声と足音が飛び込んで来た。

竹熊源三郎だ。

「やはりここだったか」

吉之助と加門を交互に見て、竹熊が足を踏ん張る。

「身の程知らずめ、刀を抜くなど、十年早い」

睨みつける竹熊に、吉之助は身を立て直す。

「口出しご無用。わたしは豊村家の嫡男、その責めを果たすのです」

「豊村家……今はただの浪人であろう。嫡男もくそもない」

竹熊がつかつかと歩み寄ると、吉之助は手首を押さえつつ刀を握り直していた。それを竹熊に向ける。

「馬鹿者」

竹熊の手が、吉之助の頬を張った。

背後によろけて、尻餅《しりもち》をつく。

「そうら、そなたはその程度の未熟者。身のほどを弁えろ」

その怒声に、高い声が割って入った。

「吉之助」

母の千代が息を切らせながら走って来る。

「ああ、吉之助」膝をついて、息子の身体を撫でまわす。

「怪我は……まあ、なんという無茶を……」

千代は加門に向き直って地面に手をついた。

「お許しください。どうぞ、返り討ちだけはご勘弁を……まだ、分別の付かない子供ですので」

額をつけんばかりの母の肩を、吉之助がつかんで上げようとする。

「母上は、父の無念を晴らしたくはないのですか」

千代は息子を見る。

「無念、ではありません。そなたの父は……左馬之助様は、自ら命を投げたのです」

「な……なにを、おっしゃるのです」

　千代は肩の手を払うと、逆に息子の肩をつかんだ。

「左馬之助様は浪人に戻ることが耐えられなかったのです。なによりも、そなたに惨《みじ》めな姿を見せたくなかったのです」

「ああ、そうだ」竹熊が横に立つ。

「左馬之助は言うていた。生き恥をさらすよりは、いっそ命を賭《と》して武士としての誇りをまっとうしたい、とな。そこに山之内が殉死《じゅんし》などと言い出したために、ますますその気になってしまったのだ」

「そうですとも」千代がつなげる。

「左馬之助様は強いお方ではなかった、いいえ、むしろ弱かったのです。以前のような浪人に戻るくらいなら、いっそ死んだほうがまし、そう思ったのです。その思いは、手に取るほどにわかりました」

「そんな……父上は立派な武士……」

「ええ、武士であればこそ」千代は息子をぐっと引き寄せる。

「なれど、浪人となれば町人のような暮らしになるは必定《ひつじょう》。誇りを保つ自信がもてなかったのでしょう。それはいずれそなたも味わうこと。それを見るのもつらかったのです」

「うむ」竹熊が頷く。

「念願であった仕官が叶い、嫡男を得て家の再興を果たしたと思うたからこそ、それを失ったことが耐え難かったのだろう。長いつきあいだ、あやつの気持ちはわかる」

吉之助が母の腕を払う。

「違うっ、父上はそんなお方ではない」

いいえ、と千代は首を振る。

「そなたには強い父でありたかったのです。だからこそ、弱さを見せられなかった……弱い姿を見せるくらいなら、いっそ消えたいと思ったのでしょう」

吉之助の頬が震える。

「ち、父上は……」

その目から一筋、涙が落ちる。

そうか、と加門は左馬之助の血走った眼を思い出した。あれは死を見つめた眼だったのか……。

千代は顔を伏せる。

「浪人でもよかったのです」

その目からは、はらはらと涙が流れ出た。

「生きてさえいてくれれば……」千代が喉を震わせる。

「長屋暮らしでもよい、傘張《かさは》りをしてもかまわない……三人でいれば、笑うことができたのに……」

竹熊が腰を落として、千代の肩に手を置く。

「さ、戻りましょう」

その顔を吉之助にも向ける。

「帰るぞ」

吉之助が袖で顔を拭う。

「宮地様」竹熊が姿勢を正す。

「申し訳ござらん。お許しください」

「いえ」加門は刀を納め、礼をする。

「では、わたしはこれにて」

三人に背を向けて歩き出した。

その背中で、吉之助の嗚咽《おえつ》を聞いていた。

三

西之丸の庭で、友右衛門と加門は並んで石を拾う。

小さな石もつまみ上げて、横に置いた笊《ざる》に放り込んでいく。

「けっこう熱中するものですね」

加門が言うと、父が笑いを洩らした。

「そうであろう、つまらない仕事のようだが、つい時を忘れる」

笑いながら俯いていた二人は、人の気配に同時に顔を上げた。

「大御所様、お気をつけください」

そう言う供らに付き添われながら、吉宗が歩いて来る。

すでに五月。以前のように脇を支えられることなく、自ら杖《つえ》を突いて一歩一歩、踏みしめて歩いて来る。

友右衛門と加門は慌てて笊を取り上げて、道の脇に退いた。

その前で、吉宗の足が止まる。

「これ、は……か、もんでは、ないか」

加門は膝をついて、白足袋《しろたび》の足先を見た。

「はっ、ご無礼を。石を除いておりました」

「ほ、う、だが、そなた、本丸の、はず……」

なめらかではないが、言葉は流れて出て来る。

加門は思わず、上目で顔を見た。左右の違いはそれほど大きくはない。麻痺は思ったほど重くはなかったのだろう……。ほっとして、加門は答える。

「はい、父が石拾いをしていることを聞かれた上様が、それはよいこと、わたしにも手伝え、と仰せになりましたので」

「ほ、う、さようか」

吉宗の顔が和《なご》む。

「つい、て、参れ」

吉宗が先へと進む。加門と少し離れて、友右衛門も従った。ついていた供らが、間合いをとって、見ている。

吉宗は杖の先で、地面を叩いた。

「石がない、せいで、歩きやすい。礼、を言う、ぞ」

笑みを浮かべてゆっくりと進むと、吉宗は木の下の長床几《ながしょうぎ》に腰を下ろした。以前はなかったものだが、吉宗の休憩用に設《しつら》えたらしい。

加門はその横で膝をつき、控える。

吉宗は本丸御殿を見やって、口を開いた。

「こう、なって、みると、家重の、気持ちがよく、わかる。思うこと、は、たくさんあるのに、口が、動かぬ、ことの、なんとももどかしい、ことよ」

黙って頷く加門を、吉宗は見た。

「おまけ、に……まるで、暗愚の者、を見る、ような目を、む、け、られ、る」

その場面を思い出したのか、吉宗の口が震えた。くやしさが、滲み出ている。が、すぐにその面立ちが、悲しげに歪んだ。

「家、重には、すまない、こと、をした」

その顔を本丸に向け、小さく首を振る。が、その口をぐっと結んだ。

手にした杖をぐっと握る。力を込めて、己の力だけで立ち上がった。

「どう、だ」

加門を見下ろす。

「はい、ここまでの早い回復、お見事でございます」

心底、感心する加門に、吉宗は笑顔を残して歩き出す。

離れて見守っていた供らも急ぎ足で、そのあとに付いた。

遠ざかって行く一行を見送って、加門も本丸に目を向けた。家重の顔が思い浮かぶ。

大御所様のお言葉、いずれ上様にお伝えしよう……。


毎日、石取りを続けたことで、庭は平坦になった。

「吹上のお庭もやるぞ」

父の友右衛門が木々の茂みを指差す。

西の丸と吹上を隔てる道灌濠《どうかんぼり》には橋が架けられているが、それを渡るのは容易《たやす》い。

「先日、大御所様が渡ろうとなさったのを、御側衆が止めたのだ。あちらは坂もあるし、でこぼこも多いからな。だが、いずれ行かれるだろうから、整備せねばならん」

そう言って歩き出す父に、

「あ、わたしはこちらで」

加門は告げた。来訪者を見張る役目も受けていることは、父にも言っていない。

「む、そうか」

それを察したかのように、父は道灌濠を渡って行った。

加門は西の丸御殿の見える位置でしゃがむと、それほど残ってはいない小石を拾った。

おや、とその手を止める。と、思わず立ち上がった。

腕を振って、足早に御殿に向かうのは一橋家当主、宗尹だ。

来た……。そっと近寄り、その顔を窺う。普段よりも赤味を帯びている顔には、怒りが見てとれる。つり上がった眉や口も、それを表していた。

中奥の戸口に、その姿はあっという間に消えた。

これを予期なさっていたのか……。加門は庭木の陰に身を寄せると、その場から御殿を見つめた。しかし、なにが起きているのか……。

半刻（一時間）も立たぬうちに、宗尹の姿が戸口に現れた。

来たときよりもさらに顔が赤味を増し、歪んだ形相《ぎょうそう》になっている。

地面を蹴るように、一橋屋敷のほうへと戻って行った。

加門はその場を離れ、本丸へと歩き出した。

部屋で待つと、すぐに意次がやって来た。

「なにかあったか」

加門はかしこまって頷く。

「一橋様が西の丸に見えました」

「ああ、形式張るな、気易い仲だから頼んだのだ」

意次の言葉に、加門は肩の力を抜いて、見たとおりを伝えた。

「そうか、来たとき以上に怒って戻られたか。では、大御所様は上様の御意向を通されたのだな」

安堵したようすの意次に、加門は口を結んだ。なにが起きているのか問いたいが、こちらから問うわけにはいかない。

それを察したように、意次は膝行して間合いを詰めた。

「実はな、一橋家の長男を養子に出すよう、上様が命じたのだ」

「長男、於義丸《おぎまる》様をか」加門は身を乗り出した。

「しかし、確かまだ五歳くらいであろう」

うむ、と意次は腕組みをする。

「おそらく先方も、まさか一橋家からもらおうとは考えていなかったと思う」

「先方とは、どこの家だ」

「福井《ふくい》藩主松平宗矩《むねのり》様だ。跡継ぎがおられないので、養子を取る許しを上様に願い出たらしい」

「なるほど……そこで、上様は一橋家の於義丸様を選ばれたのか。しかし、長男とは……」

そうつぶやいて、いや、長男だからこそか、と加門は言葉を飲み込んだ。

黙って頷く意次と、加門の眼が合った。

ほう、と息を吐いて、加門はあっと顔を上げた。

「意誠殿は大変なのではないか」

田沼家次男の意誠は、宗尹の小姓を務めてから既に長い。

「うむ、大変であろうと思う。だからこそ、そなたに様子見を頼んだのだ。わたしから意誠に聞くわけにはいかないからな」

「そうか、本丸に屋敷内のことを流しているとなれば、立場が悪くなるのは必定……宗尹様の怒りをぶつけられていないとよいがな」

「ああ、それが気がかりなのだ。意誠は我慢強いゆえ、愚痴《ぐち》をこぼすことはない。が、そういう気性は当人が苦しいはずだしな」

「幕臣……いや、どこでも同じか」加門は溜息を吐いた。

「仕えるというのは大変なことだな」

「うむ、当分はしかたあるまい」

「養子に出されるのは、いつか決まっているのか」

「おそらく来月になるだろう。話そのものは以前から持ち上がっていたようだが、大御所様の快癒を待たれてのご決断だったのだと思う」

「そうか」加門は意次の顔を見た。

「そういえば、そなたの婚儀も大御所様のことを慮《おもんぱか》って、冬から春に遅らせたのだったな」

「うむ、心配で慶事どころではなかったしな。お床上げまでは、皆、遠慮をしていたはずだ。上様は特に、お父上のことを考えて延ばされたのだろう。なにしろ、決まれば……」

眉を寄せる意次に、加門もつられる。

「そうだな、十万石大名の長子をよそに出すとなれば……」

加門は、怒気で赤味を帯びた宗尹の顔を思い出した。

腕組みをした二人は、ともに天井を見上げた。

四

城表、帝鑑之間に加門は向かっていた。手には書物を抱え、いかにも小役人のように、廊下を歩く。

今朝、意次は言った。

〈於義丸様を養子に出す日が決まった。六月十二日だ。それまでは西の丸を引き続き見張れ、というご命令だ。それと、大名方の動静にも気を配れ、と〉

大名の控える帝鑑之間に近づくと、潜《ひそ》めた声が洩れてきた。加門はそっと立ち止まり、耳を傾ける。

「福井藩、松平和泉守《いずみのかみ》様はお喜びであろう。大御所様のお孫様をいただけるのだ」

「いや、そう簡単でもあるまい。長男を出すことになった一橋様のご心証を思えば、喜ぶばかりではおられまいよ」

「うむ、聞いたところによると、田安様は和泉守様にご辞退なさるよう、暗に進言されたそうだ」

「ふうむ、しかし、この養子縁組は、公方様のお決めになられたこと。従わぬわけにいくまい」

「しかり。田安様と公方様を天秤《てんびん》にかければ、自《おの》ずと知れたことよ」

ふむふむ、と数人の声が揃う。

「それに福井藩は三十万石、考えようによってはよい話ではないか」

「そうさな、十万石の当主に比べれば、規模が違う」

「いやいや、十万石とはいえ、一橋家はいざとなれば将軍の養子を出すお家柄。三十万石よりも、将軍であろう」

「それはそうじゃのう」

「それゆえにこそ……」言いかけた声が消えた。

「いや、迂闊《うかつ》なことを。水を飲んでまいろう」

立つ衣擦れの音に、加門はその場から歩き出す。

出て来た大名は、廊下を曲がって行った。


下城の刻。

いつものように数寄屋橋御門を出ると、加門は立ち止まった。

大小二人が近づいて来る。竹熊源三郎と豊村吉之助だ。

「ああ、これは」

加門が寄って行くと、竹熊が先に腰を折った。

「先般はご無礼つかまつった」

横の吉之助の背にも手を置き、礼をさせる。ぺこりと無言で頭を下げた。

「いや、よいのです」

加門の言葉に、吉之助が上目で見る。愛宕山で見せた怒気はもはやない。

竹熊は吉之助に手を当てたまま、苦笑を浮かべる。

「いや、聞けば父の左馬之助は、これと剣の手合わせをしていたらしいのです。ですが、左馬之助はほんの少し道場に通った程度。その父から教わったのですから、吉之助の腕など知れたものだというに、できると自惚《うぬぼ》れておったのです」

吉之助の顔が赤くなる。

「それなりと思うておりました。宮地様と立ち合って、身のほどを知りました」

また小さく頭を下げた。

加門はふっと笑う。

「いや、剣術の腕など、使わずにすめばそのほうがいい。武士というても武術がすべてではないのだから」加門は竹熊を見る。

「竹熊殿は今、手習いを教えておられるのですよね」

「ええ、そうです。なので、この吉之助にも手伝わせることにしました。今は雇われている身ですが、いつか自分で手習い所を持とうかと考えております」

竹熊は吉之助の肩をぽんと叩く。その親しげなようすを見つめる加門に、竹熊は頭を掻いた。

「いや、実は吉之助の父になることにしました」

「えっ……では、千代殿を妻に」

「はい」きっぱりと頷く。

「左馬之助とは縁が深かったので、千代殿もこの吉之助も他人とは思えず……それぞれに家を探すうちに、いっそ同じ家に、ということになり申した」

恥ずかしそうに、竹熊が俯く。

「そうですか、それはよかった」

加門は二人を交互に見る。

竹熊は顔を上げた。

「わたしはもう仕官は望みません。が、吉之助が望むなら、手伝ってやろうと思います。もし、別の道に行くというなら、それもよい。まだ、なにをしたいかわからぬと

申しております し」

肩をすくめる吉之助に、加門は腰をかがめる。

「そうか、行く道を選べるというのはよいことだ。なまじどこかに仕えるよりも、先行きは明るい。なにしろ、好きなことを選べるのだからな」

「そうら」竹熊が胸を張る。

「言うたであろう、武士が一番というわけではないぞ。わたしを見ろ、浪人になれば天下無敵だ」

ははは、と笑う。

加門にも笑いがうつる。

「吉之助殿ならば大丈夫でしょう」

その言葉に、吉之助は初めて加門をまっすぐに見上げた。

「そうでしょうか」

ああ、と加門はその肩に手を置く。

「大丈夫、その気の強さならなんでもできる」

加門の笑顔に、吉之助は頷く。

「さ、では帰ろう」

竹熊に促され、吉之助はぺこりと頭を下げた。

「失礼をいたしました」

「いや」

首を振る加門に、「では」と二人は一歩下がり、背を向けた。

並んで歩いていく新たな父と子を、加門は小さくなるまで見送った。


「加門、そら、ここがへこんでいる、危ないぞ」

西の丸の庭で、父が地面を指差す。加門が寄って行くと、その顔を本丸に向けた。

「明日は六月十二日だな」

一橋家の於義丸が養子に出される日だ。

結局、宗尹も受け入れざるを得なかったとみえ、一橋家は静かになった。が、無事にすむまでは気が抜けない。加門が受けた命《めい》はまだ終わっていないのだ。

父はうすうす御下命に気づいているのだろう、加門が御殿の見える位置に移ってもなにも言わない。

御殿の中奥の見える場所に、加門は立った。

ちょうど吉宗が庭へと降りたところだった。

数人の御側衆を従えて、ゆっくりと庭を歩いてくる。

加門は手早く、道のへこみをならした。

父は片隅の四阿《あずまや》のほうへと向かう。加門はそれに続き、四阿へ続く道を石を拾いながら歩いた。

四阿の内は土間のように固められ、四方を囲った腰高の板塀に、座れる床机が据えつけられている。

日々、回復に努《つと》める吉宗は、ここまで歩いてきて一休みし、さらに歩き続けることも多い。

加門は先日へこみを均《なら》した場所を確認し、さらに平らにすべく土を取りに出た。道灌濠の土を笊に取って戻ると、しゃがんでへこみに土を入れる。と、人の気配を感じて、立ち上がった。

吉宗が四阿に向かって来る。

土が軟らかいままでは危ない。加門は慌てて足で均す。

「これ、大御所様のお出ましだぞ」

御側衆の一人が、吉宗の背後から、加門に声を投げかけた。

「ああ、よい、のだ」吉宗が麻痺のない左手を上げて、それを制す。

「わたし、を、気遣うて、して、いること」

四阿に入って来ると、吉宗は加門に目顔で笑んだ。

「ご苦労、である」

「いえ、もったいなきお言葉」

膝をついて答えつつ、大御所様はずいぶんと言葉が滑らかになってこられた、と加門はほっと息を吐く。

「さて、休む、か」

吉宗は床机に腰を下ろす。

下がろうとする加門に、

「ああ、待て」と、声がかかった。

「家重の、命《めい》は、まだ続いて、いるのか」

「あ、はい」

西の丸で石拾いをせよ、という命を言っているのだろうが、もう一つの命を思うと、思わず唾が喉を下りる。

「上様には、大御所様へのお気遣いが深くあられ……」

そう答える背後から、人の駆けてくる足音が響いた。

「大御所様」駆けて来た小姓が、かしこまる。

「田安様がお見えでございます」

「ふむ、そうか」

吉宗は小さく腰を浮かしかけて、すぐにそれをやめた。目の端でちらりと加門を見ると、上げかけた腰を落とす。

「ここに、連れて、参れ」

「はっ」

小姓が戻って行く。

父と息子の対面に遠慮をして、供の者らが四阿から離れて行く。加門も出ようとすると、「待て」と吉宗の声がかかった。

吉宗の手が四阿の外を示す。

「そなた、そこに控えよ」

その目は吉宗の背後、板壁の裏側を示していた。

加門は思わず、伏せがちにしていた顔を上げた。

吉宗は目顔で頷く。

「はっ」

加門は礼をして下がると、四阿の外側で、身を低くした。

息をひそめていると、人の足音が近づいて来るのが察せられた。

四阿の中へと入って来る。

「父上」

宗武の声だ。

「うむ、なんだ、まあ、座れ」

「いえ」

衣擦れの音が鳴り、地面に膝をついたことが察せられた。

「父上、なにゆえに於義丸の養子をお許しになられたのですか」

「ふむ、それは、家重……いや公方が、決めた、こと。意見は、して、おらぬ」

「意見をなさってください」宗武の声が高まる。

「於義丸は一橋家の長子、跡継ぎになるべき男子《おのこ》です。それを、他家に養子に出せとは、あまりにも無体《むたい》。そのような命《めい》を出すこと自体、まっとうではありません。われらに対しての意趣返しでしているのです」

「意趣返し、とは、なんだ。返されるような、こと、をしたのか」

父の言葉に、宗武が詰まる。が、すぐに声を荒らげた。

「わたしは真のことを言うてきたまで。兄上は将軍にふさわしい人柄ではありません、まともに口も利けず、家臣に命《めい》を下すこともできないではありませんか」

「側の者が、伝えて、いるであろう」

「しかし、それが真の意向であるのかどうか、伝える大岡や田沼が、己の意で曲げることもできましょう」

板の裏の加門は、思わず腰を上げそうになり、慌てて抑えた。

吉宗の声が重く変わる。

「あの者、らは、まっとうな者、そのような、ことは、せぬ」

「しかし、兄上は昼間から酒を飲むようなお人です。そのようなことで政《まつりごと》を行えるはずがない、将軍にふさわしくありません」

「政は、しておる、ではないか」

「ですが、あのようすでは家臣に侮《あなど》られましょう」

「家臣は、それほど、愚かでは、ない。公方が決して愚かではない、ことも、わかって、おる」

「そうでしょうか、陰ではなんと言っているか……」

「では」吉宗の声がさらに重くなる。

「そなたなら、ふさわしい、という、のか」

その声に、宗武が挑むように息を吸い込み、声を吐き出した。

「はい、少なくとも、兄上よりは。わたしは己の欲で言うているのではありません。徳川家のことを思うてのことです」

「そうか」吉宗の声がいらだちに揺れてくる。

「そなた、変わらぬ、な。よいか、長子相続、を崩せば、それが倣《なら》い、となる。この先、必ずや、争いが起きよう。それは、徳川家を、揺るがすこと、になるのだ」

「ですが、この一代限りであれば……それに兄上を知る者は、誰も反対なぞいたしません」

「馬鹿者」吉宗の声が荒らいだ。

「そなたは、公方、を支える、のが役目。弁《わきま》えよ」

「ですが」

「黙れ」

吉宗が立ち上がったのがわかった。

「宗武」

声が大きくなった。近くで控えている者らに聞かせよう、という意図が察せられる。

「そなたに、謹慎を、命じる。三年、謹慎、せよ」

宗武も立ち上がる音がした。息を大きく吸い込んでいるのがわかる。

「ち、父上……」

「下がれ」

吉宗の声に、控えていた供らが駆けて来た。

「田安様、さ」

四阿を出るように促しているのが察せられた。

引きずるような足音が、外に出て行く。

ほう、と息が鳴って、吉宗が腰を下ろしたのがわかった。

宗武の足音は、もうしない。

「加門」

吉宗の声が響いた。

「はっ」

「出て参れ」

は、と加門は四阿の入り口にまわって腰を落とした。

「聞こえて、いたな」

吉宗の問いに、加門は「は」と頷く。

「では、行くが、よい」

吉宗は顔を本丸に向ける。

「家重に、わたしの言うたこと、を伝えよ」

「はっ」

加門は深く低頭してから、立ち上がった。

西の丸の庭を出て、濠沿いに歩く。

高い石垣の上にある本丸御殿は、真下からは見えない。

が、加門の目には中奥の光景と家重の顔が浮かんだ。

三年の謹慎、という命令を口の中で繰り返す。

以前、大御所様が家重にはすまないことをした、と仰せになったこともお伝えしよう……。そう考えると、家重の顔がさらにはっきりと浮かぶ。

加門はいつの間にか、走り出していた。

時代小説
二見時代小説文庫

十万石《じゅうまんごく》の新大名《しんだいみょう》　御庭番《おにわばん》の二代目《にだいめ》8

著者　氷月《ひづき》　葵《あおい》

発行所　株式会社　二見書房
東京都千代田区神田三崎町二-一八-一一
電話　〇三-三五一五-二三一一［営業］
〇三-三五一五-二三一三［編集］
振替　〇〇一七〇-四-二六三九

印刷　株式会社　堀内印刷所
製本　株式会社　村上製本所

落丁・乱丁本はお取り替えいたします。
定価は、カバーに表示してあります。

 ISBN978－4－576－18149－3
http://www.futami.co.jp/

氷月 葵

御庭番の二代目

シリーズ

将軍直属の「御庭番」宮地家の若き二代目加門。
盟友と合力して江戸に降りかかる闇と闘う！

以下続刊

①将軍の跡継ぎ
②藩主の乱
③上様の笠
④首狙い
⑤老中の深謀
⑥御落胤の槍
⑦新しき将軍
⑧十万石の新大名

婿殿は山同心

①世直し隠し剣
②首吊り志願
③けんか大名

完結

公事宿 裏始末

①公事《くじ》宿《やど》 裏始末 火車廻る
②公事宿 裏始末 気炎立つ
③公事宿 裏始末 濡れ衣奉行
④公事宿 裏始末 孤月の剣
⑤公事宿 裏始末 追っ手討ち

完結

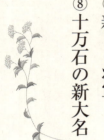